달리 말할 수 없이 '무주'

달리 말할 수 없이
무주

느린테

당신에게도 '무주'가 있나요?

무주와의 인연은 2019년 초여름, 우연처럼 시작되었습니다. 스스로를 알고 싶어질 때 여행의 충동이 오는 저는 때마침 열리는 영화제 하나만을 믿고 덜컥 무주로 떠나게 됩니다. 그곳에서의 시간은 놀라울 만큼 저를 쓰게 했고 얇은 책으로 만들 수 있을 만큼의 단상을 안고 돌아왔습니다. 그렇게 이듬해 보물 같은 기억을 나누고 싶은 마음으로 작게나마 『무주일기』를 펴냈습니다. 그때까지만 해도 제게 무주는 어느 지역일 뿐이었습니다. 다른 곳으로 떠났더라도 가능했을 일이라고 여겼습니다.

이제 '무주'는 저에게 장소 이상의 의미입니다. 2019년 이후 코로나19로 묶여 있던 2020년을 제외하고 매해 무주로 향했습니다. 모두 갑작스러웠지만 더는 우연이 아니었습니다. 무주에서의 시간은 무주여서 가능했고, 무주가 아니면 안 되는 이야기가 되었습니다.

특별함 중 가장 보통스럽고, 보통의 날 중 가장 특별한 저의 무주를 소개하고 싶습니다. 다섯 해의 기록은 저에겐 큰 의미이지만, 타인의 시선에서도 이 의미가 이어질 수 있을지는 의문이었습니다. 하지만 흐름을 뭉쳐버리고 싶진 않아 매해를 그대로 기록하기로 했습니다. 이야기는 먼 시간에서 가까운 시간으로 이어집니다. 장과 장 사이는 틈을 두고 읽기를 권합니다. 책에서 느껴지는 여백은 여러분의 이야기로 채워지기를 기대합니다. 이 책을 손에 잡은 당신이 당신만의 '무주'를 만날 수 있었으면 좋겠습니다.

저는 아직도 무주에 대해 잘 알지 못합니다. 아마 앞으로도 그럴 것이고 영원히 모르고 싶습니다. 하지만 신기하게도 무주와의 만남은 어떤 모양으로든 제 안에 확실하게 남았습니다. 사랑이 묻은 무주에게 온 마음으로 고맙다고 말하고 싶습니다.

차
례

지나고 일기

시간은 왜곡을 만들고
이는 자연스러운 흐름이라 생각한다.

그때의 나와 지금의 내가 뒤섞인 글들이
픽션과 논픽션 그 어디쯤에 있다.

정해진 건 없고 존재할 뿐이다.

우리의 만남은 제법 갑작스러웠다.

2019

처음

무주산골영화제

생뚱맞게 무주로 향한 건 오로지 무주산골영화제때문이었다. 어릴 적 답답하다 느꼈던 서울을 이제는 동경할 만큼 도시를 사랑하게 됐지만, 자연은 그보다 더 더 사랑한다.

'익숙하지 않은' 무주와 '따뜻할 것만 같은 산골', 언제나 사랑하는 '영화'가 함께하는 공간과 시간이라면 마다할 이유가 없다.

일상에서 벗어나되 낯설지만은 않은 '무주산골영화제'는 모험을 즐기지 않았던 내가 소심한 모험가가 되어가는 요즈음과 꼭 맞는, 어쩌면 꼭 필요한 존재였다.

방향을 잡으면 어설프게라도 움직인다. 마음을 먹고 나니 준비는 끝났다. 걱정을 외면할 순 없지만 두렵진 않다. 영화가 이정표가 되어주겠거니, 생각했다. 산골에서 영화를 보는 것. 그거 하나로도 충분했다. 나도 낭만을 누릴 수 있는 사람이 될 거야.

무주 하면 떠오르는 건 덕유산 그리고 스키장 정도였다. 인터넷의 시선도 그리 다르진 않았다. 내가 의존할 곳은 무주산골영화제 공식홈페이지가 거의 전부였다. 베일에 싸인 세계가

점점 궁금해진다. 7회를 맞이하는 영화제. 올해는 배우 한 명을 선정해 그의 연기 세계를 조명하는 '넥스트 액터'라는 새로운 프로그램도 선보인다고 한다. 처음을 함께 나누는구나.

독립영화 상업영화, 개봉작 미개봉작 어느 한쪽에 치우치지 않는 다양한 분야의 영화들, 동화책에서 봤던 숲속 음악회가 이런 느낌일까? 마음을 어루만지는 노래들, 언제 가도 활짝 열려 있는 운동장 한편의 작은 책방과 다정히 모여 어제 오늘 그리고 내일을 나누는 사람들까지.

영화광(狂)이 아니라도 부담 없이 즐길 수 있는 열린 공간, 영화와 자연을 사랑하는 이들이 만들어낸 예술제였다. (예술이 무엇인지도 모르면서) 예술을 사랑하는 내가 그곳에 없다는 게 이제는 이상했다.

걱정보단 설렘이다.

경유지

출발부터 순탄치 않았다. 내가 사는 곳에서 무주는 한 번에 갈 방법이 없다. 정확히는 면허가 있지만 운전할 능력이 없는 내가 한 번에 갈 수 있는 방법이 없다. 영화제 측에서 셔틀버스를 준비했으나 아쉽게도 수요가 차지 않아 무산되고 말았다. 먼저 기차를 타고 대전에 내려, 대전에서 무주행 버스를 타기로 했다. 여행을 두 번 하는 기분이다.

서울을 오갈 때 거칠 수밖에 없는 곳. 지나간 적이 셀 수 없이 많은, 늘 지나치기만 했던 대전역에 내리니 친근함과 낯섦이 섞인 오묘한 기분이 들었다.

생소한 곳에선 온 신경이 곤두서서일까. 여행 중 만나는 역사(驛舍)에선 저마다 가진 특유의 냄새와 냄새에 딸려오는 분위기 따위를 느낀다. 오늘의 대전역은, 상쾌했다. 그다지 놀랍지도 않은 주관적인 감상일 뿐이지만 정말이지 상쾌했다. 상쾌한 마음으로 너도나도 들른다는 빵집에 도장을 찍고 버스에 올랐다.

게스트하우스

대전 시내버스에서 내린 후 무주로 향하는 시외버스를 타고서 한 시간쯤 갔을까. 무주산골영화제 트레일러 영상에서 본 풍경이 펼쳐지니 마음이 동요된다. 설레.

(영화제가 열리는) 등나무운동장을 가리키는 표지판이 눈에 들어왔지만 나는 체크인을 해야 하는 숙박객. 먼저 게스트하우스로 향했다. 내가 묵게 될 게스트하우스는 자전거로 가득했다. 자전거 숍을 함께 운영하는 공간이라 자전거 여행객들에게도 안성맞춤이었다. 숙박업소가 많지 않은 무주에서 숙소는 먼저 고르는 자가 쟁취하는 것. 갑작스레 무주행을 결정한 나는 첫날 하루만, 이곳에서 묵을 수 있었다. 자전거를 사랑하는 부부가 운영하는 숙소에서 날 맞이한 건 남편이었다. 아내는 체크인 안내를 위해 자리를 비웠다며, 잠깐 앉아 기다리라고 하셨다. 카페도 겸하고 있는 이곳 한편에 자전거가 자리하고 있다. 하나와 여러 개가 주는 느낌이 같을 순 없겠지만 그게 꽤 많이 다르다고 느껴지는 자전거. 어쩐지 여유롭고 행복해질 것만 같은 자전거 한 대와 달리, **빽빽**하게 들어찬 자전거를 보고 있자니 친해지기 힘든 감정을 느낀다. 생각지도 못한 마음에 시선

을 옮겼다. 작은 창문이 난 반대편 벽엔 정겨움이 묻어있다. 두 사장님이 사이좋게 나눠 쓸 것 같은 두 개의 밀짚모자, 인 줄 알았는데 하나는 바구니구나. 이러나저러나 변하지 않는 따스함에 사진을 한 장 남겼다.

영화제를 보러 왔냐고 말을 붙이는 사장님. 어쩐지 나보다 더 들뜬 목소리다. 낯선 이의 다정한 물음은 나를 끌어내기 충분하다. 나도 당신들에게 그랬을까요. 근무 시간 대부분을 취재로 보낸 지난날이 떠오른다. 그 시간 덕분에 일상에서도 취재하는 버릇이 생겼다. 함부로 따라 할 수 없는 저마다 지닌 삶의 의미를 좋아한다. 오늘이라고 다를 리 없지만 완급조절을 해본다. 궁금한 걸 궁금한 채로 놓아두는 것도 그것대로 괜찮으니까. 서로가 건네는 적당한 온도로 순간의 공기를 느껴본다. 기다림의 시간은 이토록 생산적이다.

초등학교 1학년의 나는 1년간 단 한 마디도 나누지 않은 같은 반 친구가 있을 만큼 낯가림이 심했다. 그랬던 꼬마가 능글맞은 게스트하우스 숙박객이 될 때까지, 참 많은 일이 있었다.

그때나 지금이나 나는 내가 좋다. 그때의 나와 지금의 내가 그렇게 많이 달라지지 않았다는 걸 알고 있다.

등나무운동장과 거북이

게스트하우스는 가정집 같았다. 가정집에 침대가 좀 많고, 다른 숙박객들이 있을 뿐 누군가의 살림집이 맞았다. 하지만 여기는 무주. 산골. 거실 창밖으로 보이는 초록의 나무들과 한산한 거리, 햇살과 그림자. 그리고 저 멀리서 들리는 영화제 개막식 소리…… 일상의 풍경이지만 전혀 일상적이지 않은 풍경에 온 마음이 행복을 외쳤다. 이렇게 쉽게 행복해도 되는 걸까, 이렇게 확실한 행복감을 느껴도 되는 걸까. 되나 봐. 너무 좋다. 누군가의 보통날에 들어오는 기분이 참 특별하다 싶었다.

개막식까지 조금의 여유를 두고 도착했건만 짐을 푸는 시간이 생각보다 길어졌다. 행복을 담는 시간이 예상치 못한 곳에서 시작되어서. 이러다가 해지겠다. 숙소를 나서면서까지 사진을 찍으며 천천히 움직인다. 행동이 조금 느린 편인 나를 아무도 나무라지 않는 이곳. 좀 느긋해도 되는 여행길, 게다가 혼자인 지금이 너무 좋은 것. 멀리서 들리던 소리가 가까워지자 등나무운동장이 보였다. 이름에 걸맞게 운동장을 지키고 있는 등나무. 사방이 초록이다. 보랏빛 꽃이 가득한 봄날에 와도 참 좋겠다. 녹음 속을 거니는 많은 사람들은 전혀 소란스럽지 않았고 그저 다정했다. 정말 그랬던 걸까? 내 기분이 말했다. 여행은 나를 넓은 사람으로 만들어준다.

　감독, 배우 등 여러 영화 관계자가 레드카펫이 아닌 그린카펫을 지나고 있다. 환호를 보내는 팬들, 그 모습을 담는 스태프, 그러거나 말거나 의자에 앉아 담소를 나누는 이들도 있고, 오늘의 무주와 자신을 카메라에 담는 이도 있다. 아까의 나처럼 이제 막 도착한 무리들과 책방에서 마음을 읽는 사람들, 굿즈로 기억을 선물하는 청춘, 마냥 폴짝이는 아이, 반갑게 인사를 나누는 어른들, 각자 최선을 다해 자유롭다. 화려하지 않지만 빛나고 있다.

　영어가 어려워지기 전까지 가장 싫어한 과목이 체육이었던가. 운동을 좋아하지 않지만 운동장은 좋아할 수 있다. 그럴 수도 있는 것. 마음껏 정당화할 수 있는 포근한 풍경이다.

취미

좋아하는 게 무엇이냐는 물음이 언제부턴가 어려워졌다. 그러게, 나는 무얼 좋아할까? 아니 좋아한다는 건 뭘까. 온전히 즐긴다는 게 결코 쉬운 일이 아니라는 걸 알게 된 후 오히려 자신 있게 말할 수 있는 취미가 생겼다.

하늘 보기. 살면서 취미를 하늘 보기라 말하는 사람을 만난 적은 없었고 이렇게 말하는 나조차도 이런 걸 취미라고 해도 되나 싶지만, 낯섦이라는 이유가 틀림이 될 순 없는 법. 마음을 검열당하는 일만큼 아픈 일도 없다.

어느 순간 좋아하는 일을, 좋아한다고 생각하는 일을 하면서도 스트레스를 받곤 했다. 그렇다면 진정 좋아하는 게 맞는 걸까 싶지만, 마음이 매번 한 방향으로 흐를 수는 없다. 좋아하니까 따르는 아픔도 있다고 믿는다. 다만 내게는 온전함이 필요했다. 복잡함 없이 편히 해 나갈 수 있는 일. 마냥 좋아하는 일이 있다면 그 자체가 위로일 테니까.

하늘을 보는 일은 감사하게도 두 눈으로 세상을 볼 수 있는 내겐 별다른 준비 없이도 언제 어디서든 즐길 수 있는 취미가 되었다. 스트레스 해소에도 도움이 됐다. 드넓은 하늘을 가만 보고 있으면 내 마음까지 넓어지는 듯했다. 여유가 없어 하늘조차 볼 새 없는 나날이 이어져도 취미라는 명명 덕에 잠깐이나마 올려다보게 되었다.

지구상 모든 존재가 그렇듯, 지구도 내가 알게 된 순간부터 나이 들어갔고 뿌연 하늘을 마주하는 일 또한 잦아졌다. 그럼에도 사라지지 않는 하늘을 보고 있자니, 고마우면서도 한편 아려 그게 참 뭉클했다. 묵묵하고 다채로운 존재. 시간에 따라, 날씨에 따라 매 순간 달라지는 하늘을 바라볼 수 있다니, 행운이자 행복이다.

비슷하지 않은 색깔이 한곳에 있는데 이렇게 조화로울 수 있을까. 낯선 무주의 동네를 거닐 때에도 어김없이 날 감싸는 하늘을 가만 올려다본다. 도시에서 잊고 살았던 맑은 하늘빛. 유달리 푸른 하늘에 유독 뾰족한 달이 떴다. 뾰족한데 하나도 아프지 않았다. 달리 뭉클하다.

유대감

밤이 깊어 온다. 운동장을 에워싼 등나무, 그 아래 놓인 색색
의 의자에 띄엄띄엄 앉아있는 사람들과 운동장 바닥에 돗자리
를 펴고 저마다의 세상을 만든 이들이 있다. 나는 나무 아래에
앉아 주인공인 동시에 관찰자가 되어 쉬이 보지 못할 풍경을
두 눈 가득 담는다. 영화는 저대로 흐르고 등나무운동장의 분
위기도 무르익는 듯했다. 내가 꿈꿔 온 편안한 설렘이 바로 이
런 것일까. 영화가 만드는 그림을 마음 깊이 간직한다. 한창 상
영 중인 영화는 남아 있는 이들에게 맡기고 다시 게스트하우
스로 향했다. 보통의 밤이었다면 소등을 해야 하는 시간이지만
영화제가 열리는 동안은 늦은 귀가를 허락해주었다.

깊은 밤, 4인실 침대가 하룻밤 주인을 만났다.

낯선 이들과 한방에서 자는 경험은 난생처음이라 긴장했지
만, 다행히도 좋은 이들이 나의 룸메이트가 되었다. 일행이라
는 둘은 한 침대를 쓰기로 했고, (이후 A와 B로 칭한다) 다른 침대
의 1층은 내가 2층은 가장 마지막에 온 C가 차지했다. 어릴 때
는 2층 침대가 그렇게 탐이 나더니 나도 어울리지 않는 안정을
택하는 걸까.

씻고 나온 A와 B는 밤거리를 걷고 오겠다며 다시 숙소를 나섰다. 일행이 있는 자들의 특권 같은 게 아닐까. 피곤해서 나가고 싶진 않았지만 한편 부러웠다. 작은 방에 둘만 남았다. 나보다도 갑자기 무주로 오게 된 듯한 C는 변화를 받아들이는 데 시간이 필요해 보였고, 나는 나대로 피로가 몰려와 침대에 몸을 뉘었다.

영화제 책자 속 시간표를 살피며, 무슨 영화를 보면 좋을지 서로 얘기를 나누다가, 다시 침묵하다가, 휴대 전화를 보다가, 공상에 빠지다가, 그렇게 각자의 시간을 보내다 보니 A와 B가 조용히 들어왔고, 우리는 내일을 위해 잠을 청했다. 하나 모두들 쉽게 잠들지 못해 조그만 불빛이 한 자리씩 차지했고, 뒤척이고 뒤척이다, A가 모기의 존재를 입 밖으로 냈다.

안 그래도 윙윙 돌아다니는 모기가 거슬리던 참이었지만 언젠가부터 쉽게 모기를 죽이지 못한 것도 있고, 어두워서 보이지도 않고, 말을 꺼내는 수고스러움을 원치도 않아서 이 상황을 받아들이기로 한 나였는데,

침대에서 일어나 가방에서 모기퇴치제를 꺼내 방 곳곳과 그 방에 몸을 누인 모두에게 퇴치제를 뿌려주는 A.

나는 그 순간 뜻밖의 유대감을 느꼈다.

괜히 미소를 머금게 되는 밤이었지만 여전히 별말을 꺼내지 않고, 그저 침대와 한 몸이 된 채 내일을 기다린다. A의 준비성, 그 이상의 무언가와 어쩐지 희생양이 된 듯한 모기 덕에 이따금씩 떠오를 것 같은 4인실의 풍경.

좋아하는 마음

일기장과 함께 꾸준히 모으게 되는 손편지. 의도적으로 모은다기보다 버리는 게 이상하다 싶고 그러다 보니 어느새 모여있게 되었다.

편지를 버리면 어쩐지 마음을 버리는 것 같아.

무엇이든 잘 버리지 못하는 성격이지만 보이지 않는 무언가를 버리는 건 더 힘든 일이다. 일기가 보물이라면 편지는 사랑쯤 되려나. 그런 정의가 어떤 의미를 가질 수 있는 걸까. 아무튼 나는 사랑을 하면 글을 쓰고 싶다.

꼭 만나고 싶은 사람이 있다. 무주산골영화제 둘째 날 아침, 그가 이곳에 오기로 했다. 그 사람을 만나기 위해 무주에 온 건아니지만, 그 사람이 아니었다면 이렇게 용기 내지 못했을지도모른다. 그런 그에게 나의 마음을 전하기 위해 전날 밤, 편지를몇 자 끼적였다. 마음을 쓰는 게 좋을까 그러지 않는 게 나을까고심하다 집에 있는 편지지를 일단 챙겼고 무주에 와서 쓰는쪽을 택했다. 그리고 그 편지의 일부를 내 일기에 남겨둔다.

사랑과 보물이 뭐 그리 다르겠냐고.

낯설어서 평화로울 수 있는 지금이
쉽게 오지 않을 기회라는 걸 알기에.

편지는 무사히 전달됐다. 한 가지 걸리는 게 있다면 고양이 알레르기가 있는 그에게 고양이 그림의 편지지를 건넨 것. 잠시 망각한 사실을 뒤늦게 깨달았고 돌이키기엔 이미 늦었고 편지지에 알레르기 반응이 날 리는 없지만 인간의 걱정이 그리 단순하지만은 않기에, 편지를 잘 읽었나, 그보다 내내 이 생각뿐이었다.

깊어지는 사람

　누군가가 마음에 들어올 땐 대개 그 사람의 세계도 함께 온다. 한 사람으로 인해 새로운 세상을 마주하는 건 꽤 재미난 일이다. 나는 종종 그 재미를 느끼며 내 세계를 넓혀왔다.

　그^{고양이 알레르기가 있는 당신}는 조금 달랐다. 그의 자취엔 내 취향이 묻어 있고 그를 알아갈 때마다 나를 알게 된다. 우리의 흔적에서 엇갈림을 마주할 때 아쉬움에 탄식하지만, 한편 안심이 된다. 시간이 흘러 어떤 이유에서든 멀리서 당신을 바라보게 된다 해도, 생각만큼 그리 멀지 않은 곳에서 살아가고 있을지도 모른다는 막연한 확실함 같은 것. 오늘 난 또 한 번 깊어졌고 그게 또 고맙다.

반딧불

더할 나위 없이 좋겠다. 날 깊게 만든 그의 기억 한편에 내가 있다면, 덕유산 아래에서 별과 함께 영화를 볼 수 있다면, 희미했던 반딧불을 다시 눈에 담을 수 있다면. 무주에 오기 전 생각했다. 일상에서는 욕심이지만 무주라면 가능할 거야.

꼬마 시절 할머니 댁에서 반딧불을 봤던 기억이 있다. 단지 사실만 기억할 뿐이라서 장면으로 떠오르진 않는다. 내가 한 경험이 맞는지 의아할 정도다. 그땐 상상만 했던 일들이 지금은 아무렇지 않은 일상이 되었고 그땐 당연했던 것들을 지금은 상상하기도 어렵다. 이제 할머니 댁에 가면 할머니도 반딧불도 보이지 않는다. 보이지 않아도 어딘가엔 있겠지. 무주는 반딧불이, 다른 말로 개똥벌레를 여전히 품고 사는 지역이다. 영화제 프로그램 중 하나인 '산골소풍'에서 반딧불이를 만날 수 있다고 한다. 믿기지 않는다. 정말 볼 수 있는 걸까.

자꾸 말도 안 되는 일이 일어나는 무주는, 꿈길이다. 하나의 감정이 아니다.

"픽션과 논픽션 그 어디엔가"

면접

집으로 돌아가면 곧 면접을 봐야 한다.

평일에 먼 곳에서 열리는 영화제를 덜컥 올 수 있었던 건 (돈이 조금은 남아있는) 백수이기 때문이다. 이 여행이 한량의 종점이 될까 과정이 될까, 아니면 또 다른 시작이 될까. 무주로 오기 전 서류 합격 소식을 들었다.

친구들이 머리를 싸매고 진로를 고민할 때 나는 아무 걱정이 없었다. 꿈은 명확했다. 대학교 원서도 단 한 군데만 넣을 만큼 고집이 있었고 그 고집만큼 내 마음에 대한 확신도 있었다. 그 단단함은 어디로 가버린 걸까.

꿈이라고 굳게 믿어왔던 일이 더는 꿈이 아닐 때,
우리는 어떤 선택을 해야 할까.

꿈과 현실 사이에서 고민할 때가 어쩌면 좋았는데,
이제는 현실과 현실이다.

태어남과 동시에 평가받는 삶. 그 평가를 대놓고 할 수 있게 마련된 시간. 면접을 좋아하는 사람이 얼마나 있겠냐마는 정말이지 싫다, 면접. 딱딱한 분위기로 움츠러들거나 괜히 과해지고 마는 자리. 나는 어떻게든 자연스럽지 못한 말을 하고, 그들은 기어코 나를 판단한다.

당신들은 궁금해하지 않겠지만,
나는 다른 모습도 많은 걸요.

원하는 것을 위해 원치 않는 일을 감당하는 법을 배웠다. 그 좁고 냉정한 방에 들어가기 전에 이 넓고 시원한 산골에서 나를 아껴줘야지. 불안정하기에 느낄 수 있는 안정감을 충분히 느끼고 돌아가야지.

막다른 골목의 추억

태초의 기억 속 우리 집은 골목길에 있다. 막다른 골목 끝에 자리한 집에서 골목 초입의 집으로 터전을 옮기는 동안 내겐 친구가 생겼다. 또래라는 이유로 정을 나눈, 골목을 떠나면서 자연히 헤어진 아이. 아이는 자라서 지금 어디에 있을까. 쉽게 쉽게 친구가 되었던 그 시절의 인연이 가장 어려운 맺음이라는 걸 시간이 많이 흐른 후에야 알게 되었다. 혼자가 좋은 건 '같이'를 알기 때문.

내가 사는 지역엔 유독 골목길이 많았고 그 골목골목엔 '우리'가 있었다. 그 존재가 차차 사라져가는 걸 보고 있자니 참 이상하다. 있던 게 사라지는 건 이상한 일이다. 그럴수록 기억은 더욱 선명해지고―

오늘의 골목에서 만난 따스한 공기는 태초의 기억이 건넨 선물이다. 저마다의 골목에 자리하는 무언가. 이유 없이 좋은 것엔 분명한 이유가 있다.

무주 냉면

식도락. 맛있는 음식이 주는 행복이 있다. 끼니를 챙기는 일은 중요하다. 다만 나의 여행에서 음식은 존재감을 드러내지 않는다. 혼자 하는 여행일 땐 더 그렇다. 간단한 게 좋다. 평소엔 동네 편의점도 잘 다니지 않지만 여행지에서는 단골 편의점이 생길 정도다. 밥 먹는 것보다 중요한 게 너무 많으니까.

오히려 그래서 기억나는 음식이 하나는 꼭 있다. 게스트하우스에서 만난 A와 B가 전날 먹은 냉면이 그렇게 맛있다고 극찬을 했다. 도대체 어떤 맛이길래? C와 나의 점심 메뉴가 정해졌다. 우리는 영화 한 편을 보고 함께 가게로 향했다. 동네 골목에 자리한 평범한 음식점이었다. 그래서 더 특별하기도 했다. 현지인이 된 거 같아.

어묵과 도리뱅뱅이가 유명한 무주. 그러나 내게 무주는 냉면이다. 아마 A와 B도 가장 기억나는 음식을 냉면으로 꼽지 않을까? 그렇담 C는 어떨까?

냉면의 맛은, 생략.

우천 시 취소

자연이 극장이 되고 무대가 되는 무주산골영화제에 비가 함께하면 어떨까? 무주에 오기 전부터 비 소식이 들려왔다.

여행은 나를 너그러운 사람으로 만들어주고 그건 날씨를 대할 때에도 마찬가지다. 때로는 비가 더 선명한 기억을 선물하기도 한다. 언제 다시 오게 될지 모를 장소에서 다양한 날씨를 두루두루 느낄 수 있는 것도 행운이고. 하지만 이번엔 곤란하다. 비와 함께 막이 내릴지도 모른다. 그 혹시나 하는 상황은 일어나고야 말았다.

희미함을 밝혀줄 반딧불과의 만남은 기약 없이 미뤄졌고 원치 않는 환불 문자가 왔다. 게다가 야외 상영 취소 소식까지 줄줄이 들리는 지금, 이대로라면 내일의 별도 숨을 것이며, 고대하던 덕유산 아래에서의 낭만은 예측 불가다. 와중에 영화제 개최 이래 처음 있는 일이라고 하니 눈치 없이 특별함을 느낀다.

그래, 자연 앞에서 아무것도 아닌 우리. 노력으로 바꿀 수 없다면 마음을 달리 먹는 쪽이 현명하다. 생기 도는 나무를 보고 위안 삼는 어느 오후.

우리는 가끔 대담해지고

　나보다 대책 없이 무주로 온 C는 운이 좋게도 첫날은 게스트하우스에서 묵게 되었지만, 이후의 거취는 정해짐이 없었다. 근처 24시간 카페나 음식점이 있는지 찾아보고, 없으면 돌아가거나 노숙을 하거나, 상황에 따라 미래를 맡길 모양이었다. 정작 본인은 담담했으나 어쩐지 마음이 쓰였다. 그때 나의 넓디넓은 특실이 떠오른다. 둘째 날 머무르기로 한 모텔의 일반실이 매진이어서 선택의 여지 없이 특실로 예약을 했다. 어제까지만 해도 작은 방에 네 명이 머물렀는데 그 넓은 공간을 나 혼자 쓰는 건 낭비 아닌가. 나는 C에게 하루 더 함께 보내는 게 어떠냐고 제안했다. 알게 된 지 만 하루도 채 되지 않은 사람을, 대담하기도 하여라. 긴장이 풀어지기도 했지만 사실 넓은 모텔에 혼자 자는 게 더 무서웠다. 나는 숙박비를 아끼고 C는 거처를 마련하고 우리에겐 아무 일도 일어나지 않았으니 win-win!

안개

    날이 밝았다. 커튼을 걷고 뿌연 안개를 보고 있자니 이 모든 게 꿈만 같았다. 저 멀리 아득한 마을 그림이 어쩌면 나를 비추고 있는 거울이 아닐까. 내버려 두면 곧잘 상상에 잠기는 나를 잡아주는 낯선 타인이 있다.

    C보다 먼저 숙소를 나서기로 한 나는
공상을 거두고 욕실로 향했다.

주인공

질투는 부러움에서 비롯된다.

같은 마음이라면 시기하지 않고 선망할 것.

여행, 그게 뭔데

여행을 향한 내 사랑의 경력은 그리 길지 않다. 거주지에서 멀리 떨어진 곳으로 이동해야 하는 게 여행이라면 말이다. 집을 좋아했다. 지금도 그렇다.

가족과의 여행을 손에 꼽는다. 그마저도 모두 당일치기였다. 하룻밤을 보낸 기억은 없다. 벗어남에 익숙할 수 없었던 유년기를 겪어서인지 자연스레 머무르는 걸 좋아하게 되었다. 친구가 여행을 가자고 해도 반갑지 않았다. 귀찮은 걸 무엇하러.

부모님 말씀을 잘 듣는 자식이었고 모험을 두려워하던 학생이었다. 집에서 학교로, 학교에서 집으로. 이동반경이 좀처럼 넓어지지 않았던 내가 처음으로 벗어나 봐야겠다는 생각을 한 건 수능을 친 직후였다. 돌이켜보면 일상을 견디기 힘들었던 걸지도 모르겠다. 그렇게 처음 떠난 곳이 김광석 거리였다. 버스를 타고 30분이 채 걸리지 않았지만 그래도 그건 여행이었다. 지금과 다르게 고요했던 긴 골목길을 아주 아주 천천히 걸었고 시간은 가는 줄 모르게 흘렀다.

그보다 더 어렸을 때는 앉은 자리에서 종종 여행을 떠났다. 지루한 수업 시간에 교과서에 실린 사진을 가만히 바라보면 놀라운 일이 일어났다. 주로 사회책이었고 주로 유적지였는데, 온 신경을 집중해 뚫어져라 사진을 보면 내가 그곳으로 들어간 기분이 들었다. 시간, 돈, 장소에 구애받지 않고 떠난 그 여행은 다시는 할 수 없는 어릴 적 나의 능력이었다. 그보다 더 더 어린 시절에는 거울을 들고 하늘을 걸었다. 제사가 잦은 집안에서 태어난 덕분에 재미없는 시골에 있는 때가 많았다. 시골이 재미없다기보다 제사를 지내야 하는 시골이 재미가 없었다. 엄마만 바빴고 나는 보챌 수 없었다. 무료함에서 벗어나고 싶었던 꼬마는 불가능을 가능케 했다. 두 손으로 거울을 들고 고개를 숙여 바라본 세상은 거꾸로였다. 거울 속에 비친 구름을 사뿐사뿐 밟으며 온 마당을 돌아다니곤 했다. 그 또한 여행이었다.

이제는 멀리 떠나와야 비로소 여행임을 느끼고, 웬만한 자극엔 쉽게 미동하지 않는다. 여행을 여행답게 만드는 건 무엇일까. 어디에 가고 어떤 걸 느껴야 '여행'이라고 말할 수 있는 걸까. 정답이 어디 있을까. 있다고 해도 계속 바뀌는 것을. 모든 건 자연스럽고, 그건 우리가 정하는 거다.

우표가 한 장이라면 그건 언제나 내 몫이었다

편지를 사랑이라 부르는 자의 당연한 수순인가. 거리거리의 우체통에 한 번은 꼭 눈길을 보낸다. 언제나처럼 그 자리에 있을 줄 알았던 집 앞 우체통이 사라지고부터 생긴 버릇일까. 어찌 된 일인지 여행지에서 만난 우체통 앞에선 발걸음마저 멈춘다.

버튼 하나면 용건이 끝나는 오늘날에 구태여 수고스럽게 마음을 옮기는 일이 예쁘다. 몽글몽글- 나에게도 편지 한 통 보내고 싶다. 어제의 나도 좋고 내일의 나도 좋다. 지금 내가 여기 있다면 아무렴 좋다. 눈빛이라는 우표를 붙여 알게 모르게 보낸 편지가 쌓이고 쌓였다.

여행지에서 손편지를 보내온 너를 이따금씩 떠올린다. 마음이 내게 오기까지의 여러 손길과 걸음걸음을 상상한다. 너와 내가 웃으며 마주할 수 없는 순간에도 너를 결코 잊을 수 없는 이유다.

혼자

첫 해외여행을 혼자 떠났다. 내가 누구와 있는지보다 내가 '어디에' 있는지 느끼고 싶었다. 그때도 무작정 대담했더랬지. 낯선 타국의 공항에 도착하고 주변에서 들리던 한국말이 더는 들리지 않자, 덤덤하려고 애썼다. 불안하다고 주저앉을 수는 없으니까. 겁이 많지만 겉으로 태연한 척은 잘도 하는 나는 휴대 전화 하나만을 의지한 채 숙소에 도착했다. 다행히도 적응은 빨랐다. 시간이 지나고부터는 일부러 한국 관광객이 없는 곳으로 몸을 움직였다. 현지인에게 길을 물었고, 물어도 매번 헤매곤 했지만 결국은 도착하게 되는 그 과정이 즐거웠다. 나를 아무도 모른다는 사실은 불안감과 동시에 자유를 줬다. 이방인이 된 느낌이 좋았다.

무주는 처음부터 혼자 올 생각은 아니었다. 같은 대한민국에서 이방인이 됨을 느낄 수도 없고 느끼고 싶지도 않았다. 마음 맞는 사람이 있다면 함께하고 싶었다. 같이 와서 각자의 시간을 보내다가 다시 만나고, 또 헤어지고. 혼자인 듯 혼자 아닌 여행을 함께할 동행인을 꿈꿨지만, 맞닿은 마음을 쉽게 찾을 순 없었다.

그렇게 혼자 오게 된 무주는,

좋다. 온전히 나에게 집중할 수 있는 시간도 충분했고, 그 나머지의 시간은 이곳에서 만난 사람들을 기억하기에 충분했다. 혼자이기에 가능했던 순간들. 셋째 날 아침까지 함께한 C를 끝으로 룸메이트들과 작별했다. 혼자여서 좋았고, 혼자가 아님에 좋았던 시간을 뒤로하고 이제는 오롯이 혼자가 되었다.

영원한 이방인을 원하는 사람은 아무도 없을 것. 돌아갈 곳이 있어 마음 놓고 행복할 수 있다.

덕유산행 버스 안에서

　다시 볼 수 없을 것만 같은 풍경, 다시 오지 못할 것만 같은
장소, 다시 만날 수 있을까 싶은 사람을 우린 종종 마주한다.
아니 그런 생각을 하는 자신을 종종 마주한다.

　다시 만날 수 있는 건 무엇도 없는데
　자꾸만 잊고 사는 거다.

마음의 주인

　무사히 덕유산 국립공원 대집회장에 도착했다. 산으로 둘러싸인 이곳에서 영화를 볼 수 있다니, 감동이야. 하늘은 흐리지만 다행히 비가 그쳤고 야외 상영은 취소되지 않았다. 기록에 집착하는 편인 나는 글뿐만 아니라 사진으로 순간을 담는 일도 좋아한다. 나만의 시선으로 바라본 세상을, 그 세상 속에 있는 나를 오래오래 간직하고 싶다. 혼자 하는 여행에서 가장 아쉬운 건 사진 찍어줄 사람이 없다는 것. 지나가는 사람을 붙잡고 부탁을 하는 것도 한두 번이고, 그 한두 번으로 욕심이 채워지는 사람은 아니라서 아쉽고도 아쉽다.

　〈내가 이곳에 있다〉는 사실이라도 남기고 싶은 마음에 삼각대를 대신해줄 담벼락을 발견하자마자 냅다 달렸다. 욕심이 앞섰다. 담벼락 바로 아래 틈을 미처 보지 못하고 발을 헛디며 카메라를 놓쳤다. 그 카메라를 잡겠다고, 하지만 넘어지진 않겠다고 애쓰다가 손도 다쳤다. 어둑한 밤이었고 모여 있는 이들의 시선은 스크린으로 향해 있어 민망함은 없었지만, 이 고요 속에서 혼자 무얼 한 것인가 어이가 없어 웃음이 났다. 몸의 상처는 언젠가 지워지겠지만 카메라는 어떡하지? 렌즈를 보호하고 있는 캡이 렌즈와 한 몸이 되어 찌그러졌다. 하하. 보통이면 돌이킬 수 없는 상황임에도 우울의 감정에 사로잡혔을 텐데, 행복하긴 한가 보다.

이만한 것이 다행이라고 생각했다.

당신의 과거가 여기 있어요

자연 속에 있다는 것만으로 감사했지만 반딧불도 못 봤는데 별까지 볼 수 없다니 너무하다 싶었다. 덕유산의 낭만을 꿈꿨는데, 추위만 느끼고 있다. 패딩을 준비하라는 놀라운 후기가 전혀 과장이 아니었다. 오늘은 영화보다 영화를 둘러싼 주변의 것들에 기대가 부푼 하루였다. 뿌연 하늘 아래 날 감싸는 건 쌀쌀한 공기뿐이니, 즐길 수 있는 건 다 즐긴 듯하다. 아쉽지만 내일을 위하여 슬슬 숙소로 돌아가려는데, 내가 본 풍경은 거짓말이었다.

한순간에 희뿌연 구름이 걷히고 별이 반짝였다. 정말 말 그대로 반짝인다. 지구상에서 사라진 줄 알았던 풍광이 여기 있다. 내 세상에도 이런 하늘이 있었구나. 가리는 건물 하나 없이 아주 드넓게 펼쳐진 하늘이 그저 벅차다. 언제 다시 만날지 알 수 없는 이 풍경을 생생하게 기억하고 싶은데, 생경한 그림 앞에서 진부한 감상만 늘어놓는다. 정말 말도 안 되는 일이야. 이 순간만큼은 혼자인 게 아쉽다. 이 풍경을 담아 보여줄 수 있다면…… 당신의 과거가 오늘로 존재하는 곳이 있다고 말해주고 싶었다.

  총총한 별 아래 잔디밭에서 보는 이 영화를, 같은 공간을 나
눈 알지 못할 이 사람들을, 차갑고도 따듯한 이 공기를. 최선을
다해 잊지 않으려 해도 끝끝내 잊고야 말겠지만 정말이지 잊고
싶지 않은 시간이었다. 잃고 싶지 않은 그림이었다.

전화위복

아침이 밝았다. 숙소 창문으로 들어온 상쾌한 산 내음에 코가 호강한다. 덕유산 아래에서 만난 꿈 같은 하루와 함께 다시 읍내로 돌아갈 시간. 영화 시간에 맞춰 셔틀버스 첫차를 타야하기에 일찍 눈을 떴다. 여유 있는 만큼 늘어지는 나. 한참을 꾸물대다 더 지체하면 큰일 날 때가 되어서야 준비를 마친다. 여유로움의 끝은 항상 분주하다. 한두 번인가. 사실 나는 느린 게 아니라 게으른 걸지도 모른다고 몰래 인정하는 순간이다.

정신없이 숙소를 나서면서, 그래도 공복은 안 되겠다 싶어 편의점에 들러 음료 하나를 집었다. 마음이 급한데 포스기 작동이 서툰 어르신. 짜증이 나려던 참에 아까는 보이지 않던 마크가 눈에 들어온다. 꾸준하게 불매를 이어온 'ㄴ'제품이다. 아뿔싸. 어쩌지.

어르신은 여전히 난감한 표정이었고 나는 이때다 싶어 음료를 바꿔왔다. 휴- 한쪽이 100인 상황은 잘 없고, 그래서 큰 도움이 될 때가 있다. 계산도 무사히 완료.

어르신 파이팅.

관객과의 대화

어쩐지 나는 잘될 것 같아.

남모를 자신감이 있다. 근거를 어디서 찾아야 할지 모를 이 마음은 대개 모두가 잠든 새벽에 부풀고, 자고 일어나면 모습을 감춘다. 사라지진 않는다.

영화제의 좋은 점 중 하나는 영화를 사랑하는 이들이 한곳에 모였다는 사실이다. 같은 공간, 같은 시간에 같은 것을 바라보는 이들이 곁에 있다. 벅찬 일이다. 게다가 그들의 마음을 들을 수 있는 시간도 있다.

관객과의 대화, GV(Guest Visit)

해당 영화의 감독, 배우가 참석하는 경우가 대부분인데, 방금까지 본 작품에 대한 궁금증을 일부 해소할 수 있는 절호의 기회다. 영화의 뒷이야기를 들을 수도 있고 이야기보따리가 풀리다 보면 영화 바깥의 이야기도 함께 온다. 살아옴과 살아감을 나누는 순간. 그날의 공기에 따라 GV 분위기는 천차만별인데, 관객 하나하나의 역할이 크다고, 나는 생각한다. 작은 영화관일수록 더 그렇다.

영화가 허구라고 한들 삶과 완전히 분리될 순 없다. 내 가치관과 닿은 작품을 만날 때, 그 작품을 만든 이의 생각을 듣는 것만으로도, 마음이 부푼다. 우린 곧 헤어지겠지만 분명 가까이 있다고, 우리가 되었다고 느낀다.

그럼 재밌게도 '잘 살고 싶다'와 '이렇게 살아도 되구나'가 공존하는 순간을 마주한다.

사람들 사이에서 무한한 자신감이 피어나는 순간. 한낮에 부푸는 이 마음은 아주 단단하다.

정동진

　카드 결제 사인은 고민도 없이 하면서, 타인에게 받는 사인은 유달리 신중하다. 내게 사인은 '내가 당신을 응원합니다'에 대한 증명 혹은 약속과도 같은 것이라 내 마음을 책임질 수 있을 때가 아니면 받을 이유가 없다.

　아침잠 많은 나와 거리가 먼 첫차에 몸을 싣게 한 영화를 보고, 이어지는 GV까지 참석한 후 그들에게 흠뻑 젖었다. '사인을 받아야겠어' 예상치 못한 마음이 갑자기 치고 들었다. 사인받을 준비가 전혀 되지 않은 나는 영화 상영 전 로비에서 가져온 정동진독립영화제 엽서를 꺼내 들었다. 무주산골영화제에서 정동진독립영화제라니, 나도 참. 그냥 넘어가도 될 것을 괜히 민망한 마음에 종이가 없었다고 변명을 늘어놓았다. 그걸 또 받아주는 그.

　그는 내 이름 옆에 선을 하나 긋고 -
　몇 초간 고민하더니
　별을 그렸다. *
　☆ 아니고 * 이네. 이런 건 처음인데. 나와 함께 그도 당황했

는지 오늘 정신이 없다고 사과를 건넨다. 어젯밤 덕유산에서의 별을 잊지 못해요. 제 태명은 별이랍니다. 그렇게 받아치지 못하고 괜찮다고 하고 말았다. 내게 시간을 멈추는 능력이 주어진다면 난 꽤 센스있는 사람이 될 텐데. 그렇게 내게 온 저 별이 참 마음에 든다.

☆ 아닌 *과 무주 아닌 정동진.
아무렴, 둘 다 별이고 둘 다 영화제잖아.
별이 총총한 자연 속의 영화제.

사인받을 준비가 되지 않은 나와 사인할 준비가 되지 않은 그의 사랑스러운 순간. 가보지도 않은 정동진을 떠올리면 그도 함께 떠오르겠다.

(그리고 두 달 뒤, 우리는 정동진에서 다시 만났고
다정한 * 두 개를 챙겨왔다.)

게으른 완벽주의자

걱정이 앞서 쉽게 시작할 수 없다. 머릿속으로는 온갖 상상의 나래를 펼치면서 정작 몸은 움직이지 않는다. 더 나은 방향이 없을지 오래오래 생각할 뿐이다. 일상의 나를 어렵지 않은 한마디로 정의하자면, 게으른 완벽주의자 정도가 아닐까. 완벽할 수 없기에 게으르고야 마는 미련한 인간. 다만 느릴 뿐이라고 자신을 다독이는 미워할 수 없는 존재.

걱정을 뿌리치고 덜컥 시작된 탓일까. 무주에서의 나는 자꾸 다르다. 나름 부지런하고 전혀 완벽하지 않지만 일말의 죄책감도 없다. 바람직한 일탈이다.

우리가 우리를

무주에 와서 여성 감독의 영화를 많이 접했다. 그리고 보니 최근까지만 해도 영화감독은 남성일 거라는 편견이 강했다. 경험이 만든 편견은 어쩌면 당연했다.

그러나 편견을 만든 세상은 당연하지 않다. 그럴 필요 없는 세상 속에 살았고 그러지 않아도, 혹은 그래도 되는 세상이 고개를 든다. 나의 첫 영화제에 여성 영화감독이 자리 잡고 있어 기쁘고 감사하다. 여성의 시선으로 바라본 세계를 바라보는 나. 개방적인 사람, 앞서가는 사람, 그런 건 누가 정했던 걸까. 누구에 의해 지금도 정해지고 있는 걸까. 깨어있는 게 무엇인지도 모르면서 깨어있는 척했던 때가 있었다. 불편해하는 나를 촌스럽다고 여기던 때가 있었다.

산골은 이토록 넓은데 촌스럽다는 말은 또 어디서 굳어진 걸까. 우리에겐 불편해할 자유가 있다. 그러나 오늘은 마음껏 편하다.

영화를 끝까지 본 적이 있나요?

영화 말미에 흐르는 엔딩 크레딧은 배우, 제작진, 제작사, 배급사, 장소 협조, 고마운 분들 등등 해당 작품이 관객에게 오기까지의 과정이 담겨 있다. 규모가 큰 영화일수록 엔딩 크레딧도 한참 동안 올라간다. 보통 엔딩 크레딧이 시작되는 동시에 극장의 불은 켜지고, 관객은 짐을 싸서 나간다. 쿠키 영상이 있다면 얘기가 달라지지만, 그렇다고 한들 끝까지 자리를 지키는 사람은 몇 없다.

어느 순간 그게 의아했고, 적어도 나는 그래선 안 되겠다 생각했고, 그러거나 말거나 모두들 빠져나가고, 직원은 힐끗 나를 보는 와중에 자리를 지키는 게 여간 힘든 일이 아니었고, 이러지도 저러지도 못하는 상황에 불편함을 느끼기도 했다. '엔딩'크레딧이지만 사실 영화의 시작과도 같고 결국 영화의 완성인 것인데 이렇게 굳혀진 문화가 조금 아쉬웠다.

그 생각으로 가득 찬 때에는 관련된 시나리오를 쓰기도 했다. 엔딩 크레딧을 끝까지 보고 나가야만 하는 인물을 중심으로 펼쳐지는 이야기였는데, 와중에 그의 일터는 우체국이었다. 변하지 않는 나란 사람.

무주산골영화제는 나의 시나리오가 무색해지는 곳이다. 영화가 끝날 때까지 불이 켜지지 않는다. 엔딩 크레딧이 끝나고 나서야 극장이 환해진다. 관객은 마지막까지 자리를 지킨다. 훗날 알게 되었다. 많은 독립영화관과 영화제에서 나의 소망을 실현하고 있음을.

내가 몰랐던 세상이 많다. 이 경험은 너무 특별하다.

그리고 꼭 필요하다.

산골친구

무주산골영화제의 자원활동가는 그 이름도 다정한
'산골친구'

영화제에 며칠을 머무르다 보니 자주 마주치는 산골친구가
있다. 내적 친밀감을 느끼지만 티를 내기도 그렇고 조금 더 밝
게, 조금 더 큰 소리로 인사를 건넬 뿐이다. 내가 한없이 느려
도 될 때 누군가는 바삐 움직인다. 누군가 쉼이 필요할 때 나도
그런 존재가 되어야지. 가끔은,

종이접기 아저씨

어릴 적 TV에서 봤던 아저씨가 내 앞에 있다. 손재주가 없는, 미술에 큰 감흥을 느끼지 못하는 나도 재미있게 따라 했던 그 아저씨의 종이접기 놀이. 그를 보기 위해, 그와 함께 종이접기를 하기 위해 많은 이들이 돗자리를 깔고 모였다. 아이와 아이의 보호자가 대부분이었다.

나는 나 스스로를 보호할 뿐이었다. 더 이상 코딱지로 불리는 어린이도, 그렇다고 엄마가 된 코딱지도 아니었다. 세월이 흘러가고 있음을 여실히 느꼈다. 그대로인데. 나는 다만 내 기억이 소중해서 눈을 반짝이며 이 자리를 지키는 건데, 의도치 않게 비껴서 이들을 바라보게 된다.

그런 걸까. 자연히 비켜줘야 하는 걸까. 오묘한 마음을 느끼며 종이접기를 완성했고, 이왕 이렇게 된 거 사진을 남기자 싶어 아저씨 옆으로 갔다. 어린이들 틈에서 쭈뼛쭈뼛 따라 한 종이접기가 민망해 얼른 봉투에 집어넣어 버렸는데, 큰 소리로 잘했다고 칭찬을 해주시는 아저씨. 이렇게 호탕한 칭찬을 얼마 만에 들었더라. 민망한 한편 왈칵했다.

나도 배우가 될 수 있나요?

　내가 머문 무주 일대에는 '남대천'이라는 긴 하천이 흐른다. 등나무운동장에서 남대천교를 건너면 무주군청을 중심으로 정겨운 번화가를 만날 수 있다. 내 발길이 닿은 게스트하우스, 냉면집, 모텔, 우체국 모두 이곳에 있다. 첫날부터 자주 오가던 다리를 이번엔 복권을 사기 위해 지나는데, 익숙한 얼굴이 보였다. 게스트하우스 룸메이트들은 이제 다 떠났고, 내가 이 낯선 곳에서 익숙함을 느낄 이유가 없는데. 오며 가며 여러 번 스친 사람이 몇 있었으나 그들은 모두 여자였고 저 사람은 남자인데. 아, 감독이다. 전날 사실을 기반한 영화 한 편을 봤다. 아니 영화를 틀어주는 극장에 앉아 있었다고 해야 하나. 영화관에서 자는 건 예의가 아닌데. 독립 영화는 언제 다시 볼 수 있을지 모르는데. 그렇게 안간힘을 써봤지만, 잠이 부족했던 터라 내려오는 눈꺼풀에 속수무책이었다.

　펜션에 무언가를 두고 왔는데 그 물건이 나를 여러모로 불편하게 만든 존재라 잃어버린 게 잘 된 건가, 하지만 새 건데 아깝긴 하다, 왜 나는 요즘 구멍을 만들고 다닐까, 별생각을 다 하며 걷고 있던 때라 누군가를 마주할 준비가 되지 않았던 나는 상대의 반응 따위 생각할 겨를 없이 반사적으로 그에게 안녕하세요, 인사했고 그는 표정의 변화 없이 같이 안녕하세요, 했다. 미동이 없다. 하지만 차갑지 않다. 관객과의 대화 시간에도 느꼈다. 흔들림이 없구나. 그 내면을 알 길이 없지만 차분하게 보이는 인물이었다. 어떤 상황이든 누구와 있든 자신의 템포가 변하지 않는, 않아 보이는 사람을 동경하는 편인데 그가 그래 보였다. 영화를 잘 봤다고 했더니 그제야 낯빛이 조금 달라진다. 그리고 나는 더 이상 용건이 없었고 그도 당연히 그랬을 테니 서로 묵례를 하고 갈 길을 갔다. 그 찰나의 순간이 영화 같았던 이유는 뭘까. 내가 생각한 영화가 뭐길래.

줄곧 차분했던 그의 어제를 기억한다. 객석에 가만 앉아있던 나는 차분했던가. 모 감독의 영화를 좋아한다는 말에 한순간 차여버린 기분. 곧이어 사실 영화를 잘 보지 않는다는 답에 어장 속에 갇혀버린 마음. 안 보는 와중에 좋아하는 영화가 군이 그렇다는 건 나는 역시 혼자가 어울린다는 생각. 원망하자니 과거의 내가 떠오르고 여러모로 자격은 없는 거라는 결론.

세 시간이 흘렀나, 이번엔 밥을 먹기 위해 다시 남대천교를 지났고 지나면서 자연스레 그를 떠올렸고, 밥집은 문이 닫혔고 그래서 다른 길로 향하면서 이렇게 또 한 번 만나면 진짜 신기하겠다 생각하고 고개를 들었다. 건너편에서 걷고 있는 감독. 감독이 아니라 배우 같아. 나도 배우가 되는 건가. 시선을 재빨리 거두고 이제는 그만 만났으면 좋겠다는 생각을 했다. 그러면서도 흘긋 보게 되는 심리.

내 지갑엔 감독의 영화 스티커 두 장이 들어있다. 영화가 끝난 후 그냥 나오려다가 나가는 길이 막혀 얼결에 받아버린 스티커다. 그런 것들이 조금 무겁다.

두 번째 밥집도 문이 닫혔고 만만한 편의점으로 갔다. 무주 행복점. 행복은 예기치 않게 오기도 하니까. 정의하고 싶지 않은 것과 정의할 수 없는 것이 꽤 자주 찾아온다. 대부분이다.

학교 다녀오겠습니다

청개구리가 따로 없다. 학교 다닐 때는 학교를 떠나고 싶더니 처음 밟는 동네에 가면 인근 학교로 발길이 향한다. 생각을 하기 전에 눈길이 가고, 눈에 들어온 이상 가지 않을 수 없는. 낯선 지역이라도 학교만 보면 마음이 편해진다. 두 번의 해외여행에서도 그랬다. 지금까지의 내 삶에서 집을 제외하고 가장 많이 들른 곳이 학교이기 때문일까. 학교가 주는 따듯함이 있다.

세상이 흉흉해진 요즘은 외부인의 출입을 금하는 곳이 많아 바깥에서 학교를 바라보기도 한다. 애틋함은 덤이다. 이곳의 초등학교는 활짝 열려 있었다. 내가 감히 들어가도 되는 걸까, 조심스레 서성이는데 주민으로 보이는 어르신들과 아이와 함께인 가족이 보인다.

학교를 반 바퀴 정도 둘러보다 운동장 한편에 걸터앉았다. 바람이 솔솔 불어온다. 이대로도 괜찮네. 아무것도 안 해도 좋다. 소속감을 좋아하지 않아 스쿨버스 타는 것도 싫어했던 나는 모교도 아닌, 생전 처음 밟아보는 초등학교 운동장에서 소속감이라고 불러도 될 만한 무언가를 느꼈다. 그게 싫지 않았다. 넓은 존재가 말없이 날 감싸고 있는 듯했다.

학교를 좋아하던 학생은 아니었다. 다녀야 하니까 다녔고 이제 그만 다녀도 된다고 하니까 다니지 않는다. 이제 그만 와도 괜찮다고 하니까, 다시 가고 싶은 거다.

쓰다

　무주에서 보낸 시간만큼 쓸거리가 쌓였다. 밖을 돌아다니면 메모장을 자주 열게 된다. 당장 집 밖도 그렇고, 여행지는 더 그렇다. 무주는 내가 쓰기 위해 떠나왔나 싶을 만큼 나를 끊임없이 생각하게 했고 나는 하염없이 느꼈다. 메모장을 자주 열지는 못했다. 글은 거의 항상 작은 파편으로 내게 다가오는데 이번엔 그 조각이 너무 무수했다. 전혀 연관성 없어 보이는 그것들을 관통하는 무언가가 있다는 걸 짐작하지만 깨끗한 건 싫었다. 그래도 모조리 기억하고는 싶은데 줄줄이 써 내려가자니, 그건 내키지 않았고 자리 잡고 그럴싸하게 쓰자니, 영화가 날 기다리고 있고 기다리지 않는다 해도, 마음을 온전히 담을 기술은 없다는 걸 깨달아서 카메라 셔터만 연신 눌러댔다. 그거라고 잘 될까. 그제야 쿨한 척 뭐 다시 오면 되지! 했지만 이만큼 쿨하지 못할 수도 없다. 그렇게 나도 모르게 마음을 쓰고 있었다.

폐막식

돌아오는 밤은 형용하기 힘들었다. 안개가 걷히는 느낌. 그러니까 정말 긴긴 터널을 통과하는 기분. 셔틀버스에서 기차로 갈아타기 위해 대전역에 내렸다. 버스는 다시 무주로 향하겠지. 첫날 칼 같았던 초승달이 어느덧 차올랐다. 흘러가고 있는 거구나.

하룻밤만 더 자면 폐막식을 볼 수 있었다. 나의 첫 무주는, 나의 첫 영화제는 아직 꽤나 흥미로웠고 오늘 떠나나 내일 떠나나 돈은 한결같이 없을 테고, 돈이 없는 대신 시간은 많았으니, 머물자면 더 머무를 수 있는 일이었다. 그래서 폐막식을 남겨두고 떠나왔다.

무슨 말이야.

나는 항상 정리하려 하지만 정리가 잘 되지 않는 사람이라 흐지부지되고 마는데, 어쩌면 정리하고 싶지 않은 걸지도 모르겠다. 정리되지 않은 혼잡함이 좋은 게 아니라 그 속에서 복잡함을 느끼는 내가 좋은 것. 왜 꼭 그래야 하는지 모를 일을 나는 곧잘 하는 편이다.

내겐 아직 끝나지 않은 어느 산골의 영화제. 등나무운동장을 나서면서, 무주에 다시 와야지 마음먹었다. 일상으로 돌아온 지금은, 꼭 다시 가야 할까?

영원한 파편이면 좋겠다.

어제를 기억할게요

　과거를 무던히도 사랑했던 나는 '그 시절'에 머무를 궁리를 알게 모르게 하고 살았다. 지난날을 기억하는 방법은 많다. 뇌를 믿고 그 순간을 회상하거나 글이나 사진 등의 기록물을 다시 꺼내 보면 된다. 후각에 예민한 나는 바람 냄새 따위로도 그날을 기억한다. 냄새는 언제 어디서 마주할지 알 수 없는 일이라 나의 의지와는 상관없이 과거에 잠식되곤 했다.

　원하는 때에 원하는 순간으로 이동하는 방법도 있다. 음악의 힘을 빌리면 된다. 언젠가부터 여행을 할 때면 의도적으로 테마곡을 정했다. 어린 시절 들었던 노래를 훗날 다시 들으면 향수를 느끼듯 여행지에서 들었던 노래를 일상에서 다시 마주했을 때, 지금 상황이 어떠하든 잠시 잠깐은 그날이 되어버린다. 찰나일지라도 그때로 돌아가는 경험은 강력하고 신비롭다.

　나의 한때를 기억하는 다양한 방법. 무주산골영화제는 이제껏 경험해보지 못한 또 다른 방법으로 기억되겠다. 영화를 보는 내내 접한 영화제 트레일러 영상과 트레일러 이후 마주한 모든 영화들.

　나의 어제를 영화로 기억할 수 있다니, 이런 낭만이 어디 있다고. 현실은 조금 더 감격스럽다. 이후 속속 개봉하는 영화를 보면 그렇게 반가울 수가 없다. 잘 지냈나요. 나는 이렇게 잘 지내고 있어요.

과거가 오늘로 오는 경험. 지나간 어제가 한때 나의 오늘이었고, 오지 않은 내일이 언젠가 어제가 되리라는 것을, 결국 우리는 연결되어 있음을. 과거를 사랑한다는 건 그만큼 현재가 소중하다는 것임을.

복권

무주에서 산 복권은 꽝이다.
놀랍지도 않은 일.

대신 그 이상의 로또를 얻었다.
놀라운 일.

찬란한 찰나

이미 경험해본 존재를 다시 마주할 때엔 처음 무언가를 접할 때보다 더 큰 용기가 필요하다. 너무 좋은 기억은 해치고 싶지 않아서 가만가만 그 자리에 두고 싶다. 낯설었던 무주가 좋아하는 공간이 되는 데엔 그리 오랜 시간이 걸리지 않았다. 그러나 쉽게 오는 행운은 아니라는 걸 잘 안다.

다시 가기엔 두려운, 하지만 그 두려움을 안고서라도 기꺼이 다시 가고 싶은 무주.

느림을 사랑하지만 멈추겠단 의미는 아니었는데. 어쩌면 매번 굼뜨는 나를 이끌어줄 계기들을 절실히 원했는지도 모른다. 올해는 고맙게도 그 계기가 스르르 찾아왔다. 그냥 가던 길이었는데. 뜻밖의 찰나가 삶을 흔들 수도 있는 것이다.

나의 책이 생겼다.

2020

무주일기

세상이 달라졌다

코로나19라는 뜻밖의 바이러스로 일상이 뒤틀렸다. 잠깐일 거라고 생각한 시간은 예측할 수 없이 길어졌고 겪어보지 못한 세계를 마주하며 하루하루를 보내야 했다.

그럼에도, 어쩌면 그래서 내 일상은 충만하지 않았을까.

인생에서 가장 열심히 산 때가 언제인지 자문하면 늘 같은 답이 나왔다. 고등학교 3학년. 지금의 기억을 안고 다시 돌아간다고 해도 그때보다 후회 없이 나의 몫을 해낼 자신은 없다. 요령은 부족했지만 진심이 가득했던 열아홉이었다. 그 열아홉 다음으로 자신 있게 "나 열심히 살았어." 두고두고 이야기할 수 있는 해가 2020년이 아닐까?

가장 쉽게 설명할 수 있는 신변의 변화는, 백수에서 벗어났다는 것. 우여곡절은 있었지만 지난해 면접을 본 그곳이 내 일터가 되었다. 그러나 출근을 하면서도 여전히, 더 치열하게 삶의 길 위에서 고민 중이다. 어디로, 어떻게 나아가는 게 맞는 걸까. 그렇다. 취업 소식을 전하자마자 말하기 머쓱하지만 퇴사를 다짐하며 지냈다.

하지만 퇴사가 도피가 되어선 안 됐다. 내 일터는 돌고 돌아 다시 찾은 희뿌연 꿈 같은 것이었기에, 애매하게 마무리 짓고 싶지 않았다. 아니 그렇게는 마무리가 될 수 없었다. 그래서 나는 나답지 않은 시간을 보내기로 했다. 머릿속만 분주해 행동이 굼뜨던 나를 내려놓고 우선 움직이기로.

그렇게 책을 만들었다. 죽기 전에 책 한 권 써야지, 내 간절한 소원이었다. 무게를 덜고 싶은 마음에 두루뭉술해 보이는 말로 뱉어왔지만 나에겐 또렷한 기약이었다. 그리고 '무주'가 이 기약을 〈진짜〉로 만들어줬다. 2019년 무주에서의 3박 4일은 내 손에 잡히는 첫 마음이 되었다.

『무주일기』가 좋겠다

내 방 한편엔 초등학생 때부터 써 내려간 일기가 차곡차곡 쌓여있다. 귀찮은 숙제가 선물로 남게 될 줄 그때는 몰랐겠지. 숫기 없는 어린 나에겐 선생님과의 소통 창구였고, 번뇌로 가득했던 사춘기의 나에겐 눈물 어린 반성문이었다. 사랑이 넘치는 때엔 한 톨이라도 더 담아내는 저장소가 되고, 슬픔이 몰아치는 때엔 꾸역꾸역 게워내야 하는 휴지통이 되었다. 그 모든 걸 뭉뚱그려 어쩌면 일기는, 나에게 쓰는 편지가 아닐까. 보물 1호라고 불러도 좋을 만큼 귀한 존재가 바로 일기였다.

그래서 큰 고민이 없었다. 무주에서의 단상을 책으로 엮을 수 있겠다는 확신이 들자 제목은 자연히 따라붙었다. 무주일기. 이목을 끄는, 독자를 홀릴 만한 제목과는 거리가 있었다. '무주'는 각광받는 여행지가 아니었고 지명으로 단번에 알아들을지도 의문이었다. '일기'는 출판 시장에 우후죽순 쏟아져 흔한 이름이 되었다. 하지만 마음을 담기에 이만한 울타리는 없었다. 그렇게 감행한 내 욕심.

덕분에 나는 보물 하나를 더 손에 쥐게 되었다.

가끔은 누군가 내 일기를 봐줬으면 하는 마음입니다.
낯선 무주와 따듯한 산골, 사랑하는 영화가 함께한 2019년
초여름의 생각을 담았습니다. 갑작스레 떠난 무주에서의 시
간은 보물이 되었고 이제 그 보물을 함께 나누고 싶습니다.
어떤 이의 일기장을 훔쳐보고 싶었던 적이 있다면,
무주일기는 어떤가요.

영화 좋아해요?

 네. 같은 영상매체라면 영화보다 드라마에 끌렸던 나지만, 영화관에서 영화 보는 일을 손에 꼽았던 나지만, 집에선 더더욱 영화 보는 일이 없었던 나지만, 영화를 좋아하느냐는 물음엔 늘 그렇다고 답했다.

 객관적인 지표로 사람의 마음을 알아차릴 수 있다면 세상은 좀 더 심심한 모습이지 않을까. 영화 보는 횟수가 마음의 척도가 될 수는 없다.

 영화관에서 영화를 보다가 문득- 영화를 마주한 그 순간에 무한한 행복감을 느꼈던 나를, 나는 안다. 다만 최근에 본 영화가 무엇인지, 이 영화는 봤는지 저 영화는 어땠는지, 가장 좋아하는 영화는 무엇인지, 뒤이어 따라오는 질문에 말문이 막힐 때, 의아한 상대의 모습을 볼 때, 그런 순간이 잦아지자 좋아한다고 말하면 안 되는 건가 싶어 머뭇거리며, 그래도 꿋꿋하게 네, 답했던 기억.

 하지만 이제는 다르다. 무주산골영화제를 계기로 영화와 함께하는 날이 많아졌다. 퇴근 후 평일 저녁이나 일이 남아 있는 주말에도 영화의 시간을 마련했다. 극장이 문을 열었을 때는 조심조심 극장으로, 그러지 못했을 때는 아늑한 방 안에서 영화를 마주했다. 영화 한 편을 보는 데에도 대단한 에너지가 필요한 나이기에, 강제성 없는 집에서 이렇게 많은 영화를 볼 수 있다는 게 놀라웠다. 나의 온 힘을 기꺼이 영화에 투자했다.

집 밖의 서식지는 주로 독립영화 전용관이었다. '독립'이 붙으면 다 그런가? 사람들의 발길이 잦은 곳은 아니었다. 그래서인지 아무리 조용히 다녀도 의도치 않게 눈에 띄는 사람이 되었고, 굳이 입으로 말하지 않아도 영화를 사랑하는 사람으로 나를 여겨주는 기분이었다. 그러다 자연스럽게 '관객프로그래머' 대열에도 합류했다. 상영할 영화를 선정하기도 하고, 관객과의 대화를 진행하는 모더레이터가 되기도 하는 등 관객과 영화관 사이를 이어주는 역할을 맡았다. 나를 둘러싼 세상의 모습이 달라졌음을 체감했다. 재미있는 일이다. 무주가, 동력이자 파랑이 되었다.

무주산골영화제도 조금은 특별한 해를 보냈다. 코로나19 확산 여파에 온라인과 오프라인으로 나누어 영화제를 개최하기로 했다. 초여름엔 현장 관객 없이 온라인 라이브 방송을 진행했고, 나는 직장에서 중간중간 영화제를 챙겨봤다. 무주에 가지 않고도 영화제를 즐길 수 있다는 게 공평하다 싶으면서도 바로 지난해의 추억이 아주 먼 일이 된 것 같아 속상하기도 했다. 오프라인 개최는 확진자 증가로 잠정 연기되어 10월, 무주산골영화관에서 상영회라는 이름으로 진행되었다.

모두에게 낯선 매일이었다. 하지만 우리는 이 불안에 잠식되지 않았다. 현실을 받아들이면서, 그러나 포기하지 않으면서 각자의 몫을 해나갔다. 나다움의 세계를 넓혀 나간 2020년. 확신으로 말할 수 있다. 어느 때보다 열심히 살았고, 기억하고 싶은 한 해를 보냈다고.

무주의 보통날은 어떨까?

2021

진짜 무주

무주에 겨우 한 번 가놓고 『무주일기』라는 책을 내버린 나. 영화제가 없는 그곳은 어떨까 늘 궁금했다. '진짜 무주'를 만나고 싶었다. 그렇게 두 해 전 그날보다 더 대책 없이 버스에 올랐다. 어떻게든 되겠지 뭐. 마침 잠깐 도망갈 곳이 필요했다.

설렘보단 걱정이 앞섰다. 어쩐지 처음의 그날보다 더 무서웠다. 실망에 대한 두려움과 신변에 대한 불안함. 영화제 기간에도 꽤 조용했던 그곳을 보통의 날에 덜컥 가는 게 맞는 걸까. 맞지 않으면 어쩌겠어. 어디라도 갈 곳이 있다는 게 다행이었으니 일단 움직이기로 했다. 누가 등 떠밀어 가는 사람처럼 그늘져 있었다.

동네 어르신들과 함께 버스에서 내렸다. 평일 낮, 덕유산 리조트도 아니고 무주 읍내에 볼거리를 찾아 여행 오는 이가 얼마나 있을까. 어르신은 생활 속으로 스며들었고, 여기 나 같은 나그네는 보이지 않는다. 이곳은 내 일상도 유람도 아니었다. 난 뭘까.

다시 만난 무주.
반갑긴 한데 대단한 감흥은 없다. 역시 이런 건가. 이제 뭐 어쩌지. 그래- 일단 숙소로 가자.

잠깐. 이게 뭐지?

터덜터덜 무주대교를 지나면서 나의 그늘은 이내 사라졌다.
대체 어디서 오는 평온함일까. 개연성이라는 게 없잖아. 알 수
없는 감정이지만 좋은 마음이니 가만히 따르기로 했다. 동네
곳곳을 거닐며 시간의 흐름을 느꼈다.

조용한 동네. 보통의 무주.

그때보다 조금 더 외로운 만큼 나와 더 가까웠다.

　무주를 처음 만난 그 해 지나치기만 했던 식당에 왔다. 여행에서 음식은 그리 중요하지 않다고 했는데, 이런 맛이라면 얘기가 달라진다. 맛을 음미하며 천천히 꼭꼭 씹어 먹었다. 가게 직원인 어르신들도 끼니를 챙겼다. 그러다 동네 손님이 오고-

　평화로운 그들의 보통날.
　나도 보통이긴 한데, 미묘하게 다른 온도감.
　우리가 식탁을 나누는 사이가 될 순 없고 딱 이 정도 거리에서 느껴지는 오묘함이 좋았다. 또 먹고 싶다. 돈가스.

그리고, 무주

다시 무주에 오면 들르고 싶었던 곳. 두 해가 지나는 동안 읍
내에 기념품 가게가 생겼다. 이런 공간이 있다는 것만으로 감
사했는데 이곳에서 나의 흔적을 만났다.

'무주일기'와 함께 무주에 다시 와 보고 싶었는데 이 아이가
먼저 여기서 날 기다리고 있는 거야. 녀석, 제법인데?

이런 마음은 쉽게 느낄 수 있는 게 아닌데. 내 걸음과 걸음
이 만난 순간이 참 특별했다. 나는 사장님께, 사장님은 내게 고
마움을 말했다. 어색한 공기가 있었지만 서로의 쓸쓸이가 고왔
다. 가라앉아 있던 내가 조금 수면 위로 올라왔다.

　　영화제 대신 날 맞이해준 산골영화관. 마침 적절한 시간에
보고 싶었던 영화가 상영된다고 한다. 우연을 인연으로 여기면
마음은 행복으로 충만해진다. 좋아하는 사람들을 처음 마주했
던 순간들이 스쳤다.

등나무운동장과 거북이

등나무운동장이다. 안녕. 보고 싶었어. 소란하게 다정했던 이들의 자리에 등나무꽃이 기다리고 있었다. 하루 종일 이곳에 있어도 지루하지 않을 거야. 나를 감싸는 공기에 벅찼다. 미세 먼지가 최악이라는데 날씨 앱의 오류가 아닐까?

그날 빛나던 운동장이 떠올랐다. 오늘은 보랏빛 꽃이 피었고, 의자가 바뀌었고, 누군가는 적막하다 느낄 만큼 고요한 공간. 많은 게 달라졌을지 모른다. 하지만 '같음'을 크게 느꼈다. 그때 그 반짝거림만은 여전했다.

이 너른 운동장에 나밖에 없다. 산골의 공기를 흠뻑 느끼고 싶었지만 그래도 조심스러우니까, 누가 되면 안 되니까 마스크를 꼭꼭 쓰고 있었다. 코로나와 헤어지는 그때 다시 찾을게.

달라진 것들 틈에도 여전한 건 분명 있다.

무언가를 하기 전의 설렘이 더 크게 오는 법인데.

웬걸 그런 마음을 느낀 지 오래다.

대신 사랑하는 순간과 맞닥뜨렸을 때 나는 흠뻑 젖을 수 있다.

어느새 노을이 지고, 어스름은 나의 애틋함을 더해주었다.

등나무꽃의 꽃말은 환영 그리고 사랑이라고 한다.

나 오늘을 사랑할게.

잔잔한 환영 속에서 마음을 챙겼다.

　모름이 주는 따뜻함을 느끼고선 네가 모르는 사람이면 좋겠
다 싶었지만 가능한 일만 생각하기로 했다. 그런데 내가 널 안
적이나 있었나.

　무주의 하루는 일찍 끝난다. 더 어두워지기 전에 숙소로 돌아가기 위해 남대천교를 건넜다. 여기도 많이 달라졌네. 이렇게 보니 그때가 참 아득하고 꿈 같기도 하다. 한 권의 책에, 한장의 사진에 갇혀 있는 찰나. 내가 기억해서 다행이야.

8시도 채 되지 않았는데 이곳은 한밤중이다. 밥집 문이 닫혔다. 그 덕에 편의점 아르바이트생과 말을 섞었다. 무주에서 학생이랑 대화를 해보네. 별게 다 좋다.

어느새 마음이 열렸다. 혼자가 이래서 좋다. 나의 속도를 내가 조절할 수 있고 그래도 괜찮아서, 내 마음을 우선으로 들여다볼 수 있어서 좋다.

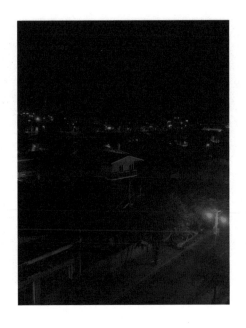

　　무주 숙박시설은 리조트에 밀집되어 있어 읍내 모텔은 난감
하기 짝이 없다. 오늘은 룸메이트도 없잖아. 늦은 밤 강아지 소
리조차 따사롭게 들리고 바람 냄새는 좋은 기억만을 데려오니,
마음의 힘에 기대어 하룻밤을 보낸다. 이토록 아쉬운 밤은 없
었다. 극단적인 버스 시간표에 일어나면 곧장 이곳을 떠나야
한다. 더욱이 잠들고 싶지 않은 밤. 사실 울고 싶은 밤이기도
했다.

　아침이다. 오전 10시 10분 차가 아니면 오후 5시 50분에 가야 하는데, 그럴 수는 없어 서둘렀다. 사실 약속만 아니었어도 오후 차를 택했을지도 모른다. 이 자연이 그만큼 좋았으니까. 오늘은 화창하네. 무주의 아침은 늘 좋았다. 남대천교 아래 돌다리 건너기도 성공! (무서웠다.)

아침잠 많은 나도 일으키는 등나무운동장. 잠깐이라도 더 보겠다며 부랴부랴 운동장으로 달렸다. 오래, 머무르고, 싶다. 운동장을 가꾸는 어르신께 괜히 말을 붙이고, 터미널로 향하는 순간에도 헤어지기 싫어 계속 뒤를 돌아봤다.

내가 무주에서 태어났더라면 난 이곳을 지켰을까, 아니면 떠나갔을까. 그런 생각을 하며 다음을 기약했다.

전주로 향하는 차창 밖이 환하다. 풍경을 보느라 멀미할 정신도 없었다. 여기가 무주였다면 더 좋았을 텐데, 덕유산으로 향하던 그날이 떠올랐으니 이 편도 괜찮았다. 어느덧 터미널에 도착한 버스. 기사님과 인사를 주고받으며 버스에서 내렸다. 무주의 마지막 기억. 덕분에 끝까지 따스함만을 가지고 간다. 나도 누군가의 마지막 기억이 될 수 있다는 걸 잊지 않아야지. 무주는 내게 항상 다정하고 이는 나의 시선이 만들어낸 환상일지도 모르겠다. 다른 말로는 사랑이라고 하나. 사랑을 온전하게 느낄 수 있는 지금이 참 좋다.

무주는 이상하다. 시작이 어떻든 그 끝은 이렇게나 따듯하니 말이야. 대책 없던 내게 대책 없음이 또 하나의 방향이 될 수 있다는 걸 말해주는 무주.

어김없이 메모장을 열어 파편을 주워 담았다. 많이 달라진 듯했지만 전혀 다르지 않아서 고마운 그곳에서, 변한 듯했지만 여전한 나를 만나고 왔다.

그래서 나는 '진짜 무주'를 만났을까.

그런데 무엇이 진짜일까.

내가 진짜라면, 언제 어떤 모습으로 만나든 너도 그럴 거야.

어쩐지 여행이라고 말하고 싶지 않은 여정이었다.
그냥 무주에 다녀왔고 무주에서 꽤 괜찮은 하룻밤을 보냈다.

이젠 두렵지 않다. 우리 또 만나자.

그대의 무주는 어떤가요?

2022

저마다의 무주

2022. 6. 4.

'혼자'였다면 도저히 해낼 수 없는 일이 '같이'라서 수월하게 흘러갈 수도 있다. 무주산골영화제 일정이 공개되었고 나는 가고 싶었다. 그러나 수업과 겹쳐 이러지도 못하고 저러지도 못하는 상황에 채팅방에 하소연하듯 툭- 던져보았지. (그사이 퇴사를 하고 다른 길에 섰다. 다 이어진 길이었다.) 『무주일기』를 응원해 준, 나의 시선으로 무주를 접한 친구들이었다. 여행과 즉흥을 좋아하는 아이들은 불확실함을 가능함으로 만들어주었다. 무주를 향한 나의 애정과 그런 무주를 궁금해하는 친구들의 밝은 추진력이 만나 우리는 10살을 맞이한 '무주산골영화제'를 마주하게 되었다.

누구와 함께 가는 영화제는 처음이라, 또 이 친구들은 영화제 자체가 처음이라 경험자로서 안내하고 조율하며 일정을 맞추었다. 내가 하고 싶은 것은 확실했다. 좋아하는 배우를 보고 싶었고, 친구들에게 별을 보여주고 싶었다. 날씨는 좋았으면 좋겠다. 그렇게 고대하던 날이 밝았다.

오전 수업이 끝났고, 친구들은 나를 태우러 학교로 왔다. 든든하고 고마웠다. 대전까지 이동해서 버스로만 가봤지, 이렇게

자가용을 타고 떠나는 건 처음이라 설렜다. 휴게소에 들러 요기를 하는 찰나마저 여행으로 다가왔다. 영동에서 무주로 이어지는 길이 평화롭고 좋았다. 장롱면허에서 탈출하는 날이 온다면 꼭꼭 무주에 가야겠다고 다짐했다. 여러모로 새로웠다. 만나러 가는 길이 달랐고, 함께하는 이들이 곁에 있다. 목적지인 등나무운동장에 가까워질수록 긴장이 몰려왔다. 좋았으면 좋겠는데.

첫 번째 관문은 주차였다. 대중교통은 차에서 벗어나면 그만이지만, 자가용은 계속 챙겨야 하는 짐이었다. 고마운 짐. 다행히 자리가 남아 있어 비교적 수월하게 차를 댔다. 그리고 등나무운동장 입장권을 받기 위해 부스로 향했다.

내가 처음 만난 무주산골영화제는 모든 게 무료였다. 등나무운동장은 맨몸으로 자유롭게 드나들 수 있었고, 상영관에서 상영하는 영화는 시간에 맞춰 가면 볼 수 있었다. 그랬던 영화제가 코로나19 이후 조금 달라졌다. 거리두기가 필요했으니까. 이제는 인원을 제한하여 소정의 입장료를 낸 관객들만 원하는 프로그램을 즐길 수 있다. (덕유산 야외 상영 등 몇몇 프로그램은 여전히 무료이다.) 특유의 자유로움이 사라진 것 같아 아쉬웠지만, 거저 누리기엔 과분하다고 생각했었기에 잘되었다 싶기도 했다. 영화관 앞에서 하염없이 줄 서는 일도 없어 좋았다.

그렇게 나의 첫 등나무 팔찌를 착용했다. (그럴싸해 보이지만 그냥 입장권 팔찌입니다.) 팔찌를 찼으면 운동장으로 가야겠지만 아니, 나는 볼일이 있다. 그것도 아주아주 중요한. 친구들을 먼저 운동장으로 보내고 떨리는 마음으로 산골영화관으로 향했다.

저벅저벅. 좋아하는 일을 하러 가는데 발걸음이 가볍지는 않았다. 이런 마음 알까. 나는 자주 그래. 영화는 이미 상영 중이라 다음을 기약해야 했고, GV가 끝나면 배우에게 인사라도 하고 싶었다. 가장 보고 싶었던 영화였는데, 무주와 어울린다고 생각했는데, 상영관을 서성이는 처지가 안타까웠지만 영화보다 더 무주와 어울리는 사람을 만날 수만 있다면… 그래, 다 가질 순 없는 법이니까. 그러나 약속의 만남이 아니었기에 이루어질지는 모르겠다.

나를 기다리는 사람과 내가 기다리는 사람 사이에서 균형을 맞추는 법을 배우고 있다. 아직은 서투르다. 첫 번째 목표를 달성하고 친구들이 있는 등나무운동장으로 발을 돌렸다. 가려진 천막을 통과하니 푸르른 등나무가 보인다. 다시 초록이네. 잘 있었어? 보고 싶었어. 회포를 풀고 싶었으나 이미 많은 무리들이 이곳을 점령하고 있다. 여러 사람이 모인 공간에 온 게 오랜만이라 움찔했다. 오늘은 나누어야 하는 날이구나. 다시 들여다보니 모두들 즐거워 보인다. 어떤 기대로 왔을까. 처음일까? 오묘함을 느끼는 나를 알아챈 건지 왁자함 속에 섞인 친구가 손을 흔들었다. 나도 그 세계로 스며야 할 시간이다.

오늘 등나무운동장의 이유는 공연이었다. 자리를 일찍 잡아 공연 시작까지 3시간 정도의 여유가 있었다. 운동장 군데군데 추억을 남길 만한 장소에서 사진을 찍었다. 같이 오니 서로를 찍어줄 수도 있고, 내 곁에 다정한 이들과 손잡을 수 있어 좋았다. 친구 O는 이렇게 가만있어도 충분하다 했고, 친구 J는 멈춰 있는 게 아쉽다며 곳곳을 살피기에 바빴다. 나는 복잡한 마음으로 자리를 지켰다. 자연히 비교하게 되었다. 2019년 그날의 운동장과, 미화되었을지 모를 그때의 추억과.

색색의 의자는 나무로 바뀌었고 그린카펫은 보랏빛이 되었다. 무대 위치도 달라졌다. 친구들에게 설명했지만 크게 중요해 보이진 않았다. 바라보는 산의 능선이 달라진 건데. 사람들도 갈수록 빽빽하게 느껴졌다. 이게 아닌데. 그때 그 풍경은 어디로 간 거지? 뮤직페스티벌에 온 것 같기도 했다. 지금이 좋지 않은 건 아니지만 그동안 내가 노래 불렀던, 그토록 소개해 주고 싶었던 무주는 아니었다. 여기가 대구라고 해도, 서울이라고 해도 믿을 수 있겠는데. 점점 어려워졌다.

그래도 우리는 오늘을 즐겨야지. 공연이 시작되었다. 내가 찾아 헤매는 2019년, 첫 무주산골영화제에서 만난 가수가 다시 이 무대에 올랐다. 당신도 나도 두 번째. 이런 건 의미가 된다. 대화할 수 없는 사이지만 공유할 수 있는 지점이 있는 사람이 무척이나 반가웠다. 지금 내겐 동아줄 같은 존재. 그의 목소리를 길잡이 삼아 나와 여기를 느끼려 애썼다. 무대를 바라보는 시간은 적었다. 구름에 감추었다 고개를 내미는 초승달을 보고, 짙어져 가는 녹음을 보고, 그래도 부족하면 눈을 꼭 감으며 당신의 무대를 마음으로 들었다.

그의 목소리는 마음을 풀기에 적당했다. 여전히 어렵고 무거웠지만 이 순간이 앞으로 특별해질 거라는 걸 짐작했다. 우리를 담고 싶었다. 꽤 긴 고민 끝에 뒤에 자리한 분들께 부탁해 나와 친구들의 뒷모습을 남겼다. 친구들은 무대에 몰입해 내가 무얼 하는지 알아차리지 못했다. 그사이 나는 감사히 사진을 받고, 약소하지만 직접 만든 엽서를 건네며 인사했다. 혹시 그들의 시간을 방해하진 않을까 조심스러웠는데, 말간 호응 덕에 이 또한 하나의 예쁜 추억이 되었다. 엽서에는 2019년 등나무 운동장의 밤이 담겨 있었다. 이곳을 오래오래 기억해 주세요.

무대가 끝나고 우리는 빠르게 운동장을 벗어났다. 이렇게 나가면 이제 안녕인데. 속도를 늦추고도 싶었지만 이 흐름을 따르기로 했다. 꼭 하고 싶은 일이 남아있으니까.

우선 밥부터 먹어야 했다. 아직 제대로 된 식사를 하지 못했다. 남대천교를 건너 거리거리를 둘러보았다. 8시를 막 지난 시각. 꿋꿋한 무주는 영화제가 열리는데도 이렇게 컴컴한 밤이구나. 문이 닫힌 가게를 지나 곧 마감이라는 식당에서 거절을

당하고 환한 빛을 내는 고깃집을 발견했다. 오, 감사합니다. 기쁜 마음으로 자리에 앉았는데 심장이 쿵 했다. 조금 전 운동장에서 만난 배우와 가수가 각자 뒤풀이를 하고 있었다. 무슨 상황이지. 사람과 사람이 밥 먹는 상황. 무주 산골에서 우리 다 비슷한 처지가 아닌가. 내 앞에 놓인 삼겹살과 된장찌개에 집중하기로 했다. 신기하기도 했지만 어려운 쪽에 더 가까웠다.

나만 아는 사람을 마주할 때의 마음가짐. 나는 이만큼 부풀었지만 그대로 전하기에는, 내가 너무 자랐나? 꼭 하고 싶은 말을 하기에 앞서 꼭 들어야 될 말인지 생각해 본다. 그렇게 전하지 못한 말들이 쌓였다. 무엇을 위한 결정인지 잘 모르겠다. 무언가 무서워서 택한 아쉬움이 내 안엔 꽤 많이 있다. 미주알고주알 늘어놓을 순 없지만, 내가 자라는 동안 방울방울 영향을 준 그들에게, 반가웠다고 뒤늦게나마 말하고 싶다.

밥그릇을 싹싹 비운 후 아이스크림을 하나 물고 다시 남대천교를 지났다. 2019년의 기억은 내 걸음걸음마다 꼭 붙어 다닌다. 밤거리를 산책하고 온다던 룸메이트 A와 B가 떠올랐다. 나 그때 부러웠는데 오늘 이렇게 해보네. 가벼운 차림으로 조용한 동네를 걷자니 이곳의 주민이 된 기분도 들었다.

이제 고대하던 덕유산으로 가볼까? 차를 몰고 꽤 달려야 했기에 시간이 넉넉하지는 않았다. 빠릿빠릿 움직이는 친구가 없었다면 이 일정 쉽지 않았을 거야. 전날 잠도 부족했고 아침 일찍 시작된 하루에 몸은 지쳐 있었지만 버텨낼 기운은 충분했다. 우리는 조금 전 라이브로 들은 노래를 틀어놓고 함께 흥얼거렸다. 음악을 엔진 삼아 씩씩하게 달려본다. 올해의 무주는 당신의 노래로 기억되겠구나.

사람에게 주어진 환경은 중요하다. 숙소에 짐을 풀고 나니 늘어지고도 싶다. 벌써 밤 11시. 그래도 나의 소망과 우리의 약속이 있으니까. 의지가 환경을 이긴다는 걸 보여줘야지. 친구들에게 덕유산은 춥다고 누누이 당부하고 핫팩까지 챙겨 숙소를 나섰다.

의지의 무주인들이 많구나. 덕유산 대집회장에 삼삼오오 모여 있는 이들에 안심이 되었다. 그래, 이렇게 하루를 끝내기엔 너무 아쉽지. 이제 하늘만 도와주면 된다. 2019년엔 전날 비의 여파로 하늘이 흐렸다면 오늘은 다음 날 예정된 비가 지난날의 하늘을 재현했다. 하늘이시여. 이런 건 같지 않아도 괜찮아요. 운동장의 달이 구름에 숨바꼭질할 때부터 예상은 했지만 아닐 거라 믿었는데. 어쩔 수 없다. 자연은 인간이 관여할 수 있는 영역이 아니니까. 시간에 맡겨두고 이곳을 빙 둘러보며 내가 어디에 있는지 다시금 느껴보려 애썼다. 여기는 무주야. 무주. 무주.

한 바퀴 돌고 오자 O는 돗자리에 누워 잠이 들었고 J는 생각이 많아 보였다. 우린 자주 서로의 마음과 생각을 나누었는데 오늘은 그럴 여유가 없었다는 걸 깨달았다. J는 『무주일기』를 통해 기대한 무주를 만나지 못한 것 같다고 조심스레 얘기했다. 나도 내가 보여주고 싶었던 무주는 이게 아니었다고 털어놓았다. 우린 말하지 않았지만 같은 걸 느끼고 있었다. 위안이 되는 한편 덜어지지 않는 무게였다. 그렇게 고요히 마음을 풀어내다 보니 O가 슬며시 눈을 떴다. 너희의 나긋한 목소리에 잠이 잘 왔다며 꿈결 안에서 말을 건네 왔다. 이 와중에도 잘자는 친구를 보니 피식 웃음이 새어 나왔다.

공기의 따듯함을 하늘도 느꼈을까. 덕유산 하늘은 2019년의 그날을 계속해서 재현했다. 또 거짓말. 구름이 걷히고 빛나는 별이 모습을 드러냈다. 내 앞에 빛나는 것들은 잘 숨는 성질이 있고 나는 반드시 반짝임을 찾아낸다. 정말 반짝인다. 좋은 사람들과 함께 보고 싶었던 풍경이었다. 이루었다. 고맙습니다. 아직도 멋들어지는 표현은 배우지 못했지만 진부함에는 이유가 있는 법이다. 이보다 꼭 맞는 묘사는 없다. 반짝반짝 작은 별, 아름답게 비치네.

숙소에 돌아와 일기를 썼다. 복잡하다고. 잡힐 듯 잡히지 않는다고. 그래도 난 무주가 좋고 다시 또 오고 싶다고. 모순의 감정을 껴안고 돌아오지 않을 밤을 보내었다.

2022. 6. 5.

여러 번 뒤척이고 나니 아침이 왔다. 아침도, 아침밥도! 조식이 포함된 숙소여서 편하게 끼니를 해결할 수 있었다. 오랜만에 쥐어보는 식판에 아쉽지 않을 만큼 밥을 담았다. 식판에 밥을 푼 게 몇 년인데 여전히 양 조절이 어렵다. 분명 서서 담을 땐 적당해 보였는데 왜 자리에만 앉으면 고봉밥이 되는 걸까. 걱정 마. 나는 자칭 타칭 밥풀요정. 이름에 걸맞게 한 톨도 빠짐없이 배 터지게 먹었다.

본래 둘째 날 첫 일정은 영화 관람이었다. 그렇다면 지금 여긴 읍내 영화관이어야 하지만 아직 덕유산 풀 내음이 나를 휘감고 있다. 하루가 늦게 끝난 지난밤 몸이 무거워진 우리의 결정이었다. 영화에 큰 뜻이 없는 O는 여유 있게 출발하자고 말했고, 꽉 채운 하루를 선호하는 J는 그래도 강행해야 한다고 했다. 나는 일찍 가든 가지 않든 영화는 보지 않겠다는 조금 다른 시선의 의견을 전했다. (예매해 둔 영화가 다르기도 했다.) 혼자일 땐 없어도 되는 과정이 함께일 때는 꼭 필요하다. 모두가 백으로 만족할 순 없지만 이왕이면 가장 덜 아쉬운 쪽으로, 누구도 어렵지 않게 받아들일 수 있는 방향으로 나아가길 바라는 대화. 타협 끝에 결국 모두가 영화표를 취소했다. 우선 다 함께 읍내로 간 후 친구들은 카페에서 시간을 보내고, 나는 무주 거리를 거닐며 혼자의 시간을 갖기로 했다. 쉼을 원했던 O와 예쁜 카페를 좋아하는 J에게 좋은 선택이 되었으리라 믿어본다.

버스터미널 근처에 나를 내려주고 떠나는 친구들.

"잘 살아~"

예상치 못한 O의 인사에 쿡쿡 웃음이 터졌다. 무주에 사는 사람이 된 기분이다. 차가 떠나자 이내 느껴지는 고요함. 추적추적 비가 내려서인지, 환하지만 약간의 찬기가 느껴졌다. 나는 이제 혼자다. 같이의 마음을 접어두고 혼자의 마음을 장착한다. 그래, 잘 살아보자! 지금부터 다음 영화 상영 전까지 내게 약 두 시간의 시간이 주어졌다.

스치듯 이야기했지만 마음에 꼭 담아둔 숫자. 무주산골영화제가 올해 10회를 맞이했다. 매해가 소중하지만 그 소중함이 열이나 쌓였다고 하니 헤아림에 일조했을지도 모를 관객으로서 뿌듯함을 감출 수 없다. 모두가 기억하는 날에 나만 빠지는 일은 얼마나 섭섭한가. 안도의 마음으로 '기억의 방'에 들러 영화제의 열 살을 쓰다듬어 보기로 한다. 무주산골영화제는 〈기억의 방: 쌓을수록 또렷해지는〉이라는 이름으로 10주년 아카

이브 전시를 마련했다. 이곳은 추억 저장소. 역대 포스터와 카탈로그, 굿즈 등 그동안의 영화제를 떠올릴 수 있는 소품들이 마주 앉아 관객을 기다리고 있었다. 지금 내게 필요하다. 시절로 가자.

가장 먼저 눈에 들어온 건 무주의 시작이었다. (내게 무주는 무주산골영화제라는 걸 고려해 주길 바란다.) 2013년, 그때 나는 대학생이었고 무주를 아끼게 될 거라는 걸 꿈에도 몰랐겠지. 점점 알려지는 영화제가 반갑지만 동시에 나만 알던 때가 그리울 수도 있다. 그렇다면 나도 몰랐던 이곳은 어땠을까? 미지의 구멍이 생기는 기분이다. 그러자 띄엄띄엄 기억의 방을 더듬는 사람들이 눈에 들어왔다. 저들은 무주와 어떤 연이 있을까. 어떤 마음으로 기억을 마주하고 있을까. 나와 비슷하고도 다른 마음을 품은 이들이 이 방을, 오늘의 무주를 오고 가겠지. 지금보다 다만 몇 해라도 일찍 무주산골영화제를 만난 것에 감사한다.

아무래도 나에겐 처음이 크다. 2019년 제7회, 나의 첫 무주산골영화제를 떠올릴 수 있는 모든 것들이 마음을 사로잡았다. 나를 이끌어준 제6회 트레일러도 사랑의 눈으로 보았다. 나의 첫인상. 나의 무주는, 나의 산골영화제는 이토록 따사로웠고 앞으로도 그러기를 바란다.

조금 전의 찬기가 사랑으로 데워졌다. 이 마음 안고 오늘의 무주를 만나러 가야지. 어제 친구들과 함께 통과한 입구를 지났다. 처음의 마음으로 다시 느껴본다. 안녕, 무주산골영화제!

지난밤 바쁘게 움직이느라 지나친 장미부터 만났다. 첫 무주에 핀 장미는 아니겠지만 왠지 나를 기억해 줄 것만 같았다. 함께 사진을 찍고 곁에서 향기를 느꼈다. 사람들이 오가는 길목이라 잠시 주춤했지만 지나치는 것에 연연하지 않기로 했다. 무언가에 취한다면 지금이 좋을 것 같다. 길 한편의 데이지도 나를 불렀다. 낮은 땅에 피어난 꽃을 가만가만 바라보았다. 어느새 그늘이 걷히고 누가 와도 반갑게 인사할 수 있는 마음이 되었다.

나의 초점은 자연. 배경이 되어주는 사람들이 오늘은 올망졸망 다정해 보인다. 별것 없는데 마음이 금세 환해질 수 있다니, 생기가 도는 기분이다.

혼자 심심하진 않을까 걱정한 친구의 씀씀이가 무색하게 시간은 넘실넘실 잘도 흐른다. 영화 상영 시간까지 1시간도 채 남지 않았다. 무주를 만나야겠다는 일념으로 영화 하나를 취소해버렸지만 영화제에 왔으니 한 편은 꼭 보고 가야 했다. 더 이상의 취소는 있을 수 없다. 그러나 아직 부족한 느낌인데. 영화를 보고 난 후에 곧장 집으로 돌아가기로 했다. 지금이 마지막 기회라는 소리다.

100주년의 어린이날을 기념하는 캠페인이 눈앞에 보였다. 올해 유독 애정의 시선으로 보게 되는 어린이다. 내가 어린이였을 때보다 더 의미 있게 다가오는 어린이날이 마침 100년이라는 것도 특별했다. 어린이. 그래, 학교. 학교에 가고 싶다. 어디로 튈지 모르는 나는 나만 책임지면 된다. 방향을 틀어 남대천교로 달렸다. 지난해 봄 오랜만에 무주를 찾았을 때도 학교는 들르지 못했다. 코로나 때문이었다. 거기 가면 있을까? 내가 찾는 건 무엇일까? 자신 없는 기대를 챙겨 무작정 움직였다. 그 순간 보슬보슬 내리던 비가 후드득 몰아쳤다.

초등학교는 언덕을 올라 좀 더 들어가야 했다. 이렇게 멀리 있었나? 타협이 필요했다. 비교적 가까이 있는 중학교로 가야겠다. 학교가 보이는 길가 벤치에 앉았다. 아무도 없는 운동장에 울려 퍼지는 종소리를 들었다. 고개를 돌려 주위를 살폈다. 비를 머금은 나무는 조금 더 초록이 되었고 이름 모를 새가 지저귀며 갈 길을 간다.

여기 있었네. 만났다.

나도 확실하게 설명하고 싶지만, 무주는 이렇듯 갑작스럽게
내게 말을 건다. 전날부터 찾아 헤맨 무주는 가까이 있었다. 아
니 사실 계속 있었다. 내가 들여다보지 못했을 뿐이다. 다 그대
로였네. 찬찬히 눈을 맞추는 시간이 필요했다.

지금으로 충분한데, 이 순간만 보면 되는 건데 자꾸 과거를
불러와서 괜히 어렵고 힘들었던 게 아닐까. 그때 못했지만 오
늘 가능한 것들도, 그런 놀라운 순간들도 많았는데. 지금의 기
억도 언젠가 꺼내 보고 싶은 소중한 추억이 될 것이다. 이제야
보이는데 나밖에 없는 게 아쉬웠다. 친구는 물론이고 어찌 된
게 길가에 사람이 한 명도 없다. 비가 와서 그런가. 다들 어디
있나요. 이 무주를 보여주고 싶었어요.

나 무주를 만났다. 계속 나의 곁이었다.

아련함을 덕지덕지 붙인 채로 무사히 영화관에 도착했다. 여
기 어디 친구들이 있겠다. 당장에 무주를 소개해 주고 싶은 마
음이었지만, 그런 건 내 마음일 뿐이라는 걸 잘 안다. 떨어져
앉아 영화를 보기로 했다. '혼자'와 '같이' 그 사이에서 무주에
서의 마지막을 충분히 느껴보련다.

이제 막 무주를 만났는데 이렇게 헤어져야 한다니 아쉽다.
유월 오 일. 세 해 전 무주에 도착한 날이 오늘은 무주를 떠나
는 날이다. 벌써 다시 오고 싶다.

영화제 이후

　무주에 다녀온 친구들이 블로그에 올린 일기를 보았다. 괜한 걱정을 했다. 친구들은 각자 스타일대로 무주를 즐기며 보내었고, 나아가 내가 만나지 못한 무주를 만나기도 했다. 아쉬움이 있었다 해도 그건 친구들의 몫이었다. 각자의 것. 저마다의 무주. 무주는 내가 애써 찾을 필요 없는, 그냥 무주였다. 쌓을수록 또렷해진다고 했지. 그때의 내 마음과 지금 이 아이들의 마음을 아로새겨야겠다. 이제 무주는 나만의 것이 아니다. 여러 편의 무주일기를 만날 수 있어 행복하다.

이건 결국 사랑이야기다.

2023

다시 무주

갑자기

"올해도 무주 가?"

영화제 기간이 다가오면 지인들이 물어온다. 나는 그 상황이
묘하게 재미있어 마음이 차오르는데, 일렁이는 마음과는 별개
로 속 시원히 답한 적은 없다. 글쎄, 모르겠어.

2019년은 2023년이 되고, 7회는 11회가 되었다. '해'와
'회'가 쌓이고 내 사람들에게 무주와 나는 썩 가까운 사이로 여
겨졌다. 따지고 보면 무주의 땅을 밟은 건 손에 꼽을 정도이고,
영화제를 꼭 가고야 말겠다는 결의도 내겐 없었다. 하지만 어
느새 무주 전도사가 되어버린 나. 역시 마음은 따져서 얻는 게
아닌 걸까? 고요한 내 사랑이 읽힐 수 있다는 게, 나를 아는 이
들에게 무주가 각인되었다는 게 기쁘게 좋았다.

무주는 늘 만나고 싶고 산골영화제는 언제나 그립지. 하지만
그게 행동의 전부가 될 순 없었다. 평일에 멀리서 하는 영화제
에 아무런 구애 없이 갈 수 있는 역할을 아직 부여받지 못했고,

내 무주에 억지는 없었으면 좋겠다는 속다짐을 했기에. 분명한 사랑도 선언하지 못할 수가 있다. 나에겐 그런 게 가볍지 않아.

그렇게 올해는 멀리서 인사하기로 매듭을 지으려는데, 뜻밖에도 휴일이 찾아왔다. 만실이었던 모텔에 방도 하나 생겼다. 이럴 땐 가지 않는 게 억지 아닐까. 앞마당까지 흘러들어온 물살이라면 올라타 보는 것도 좋겠다.

2019년 갑자기 무주로 떠났던 나는 그날과 같은 숫자를 나눠 가진 2023년, 또 다른 갑자기의 형태로 무주를 만나러 간다. 그런데 이게 정말 갑자기일까? 우리가 '갑자기'라고 명하는 순간들의 대부분은 찬찬히가 받치고 있을지도 모른다. 시나브로 쌓인 마음이 터져버리는 찰나. 씨앗을 뿌려야 꽃이 피어난다.

맞아. 사실 나는 너를 자주 생각했어.

나의 무주에 공개된 예고편은 없다. 한 장면 한 장면 그리고 다듬고 덮어씌우는 과정이 고요히 이어지고 있을 뿐이다. 켜켜

이 쌓인 필름이 어떤 모습으로 빛을 낼지 나조차도 알 수 없지만, 이미 빛을 머금고 있다는 건 분명하게 느껴진다.

내 앞에 문득 찾아온 순간 뒤에 숨겨진 수많은 필름. 이 빛이 내가 심어놓은 '갑자기'라면 믿고 따라도 괜찮지 않을까?

그래, 나 올해도 갑자기 무주다!

내가 너의 손잡아 줄게

나의 〈갑자기 무주〉에 함께하게 된 동행인이 생겼다.

"내일 무주 가?"

"네, 아침에 떠나요. 귀찮음이 몰려오지만 이 기분에 속지 않고 가기로!"

"잘했다. 난… 헤어졌어."

"언니, 무주 가자."

"무주 갈까?"

떠나기 전날 밤, 평소에도 문자를 주고받던 언니의 연락이었다. 그렇게 5분 만에 여행 친구를 얻었다. 매번 갑자기를 말하는 나는 사실 즉흥적인 행동을 좋아하지 않는다. 타인이 섞인일은 더 그렇다. 적어도 일이 주 전에 약속을 잡아야 했던 지난나에 비하면 유해졌지만, 예기치 않은 일들이 내 일상을 치고드는 것은 여전히 편치 않다. 계획에 없던 순간이 나를 더 빛나게 만들기도 한다는 것을 겪어가며 깨달았지만, 내가 책임지고감당할 수 있는 세상을 벗어나면서까지 놀라움을 즐길 자신은없다.

그런 나의 2023 무주가 5분 만에 달라졌고 그 제안은 내가 했다. 상대는 『무주일기』가 만들어지는 과정을 곁에서 지켜본 당시 나의 직장 동료. 회사는 떠나왔지만 우리는 서로에게 남겨졌다. 비대면 영화제를 함께 보며 내 무주를 나눈 언니가, 이제는 본인만의 무주를 만들어갈 수 있겠다고 생각하니, 이건 당장 추진해야 해.

지금부터 언니에게 K라는 또 하나의 이름을 주겠다.

K는 내가 나대로 있어도 괜찮다고 말해주는 사람이고, 나는 K의 번뇌를 지워주고 싶은 욕심이 있었다. 혹여나 감당하기 어려운 상황이 와도 감내할 수 있을 만한 마음도 지니고 있다. 내 민 손을 잡아준 K를 무주에 안전하게 데려다 놓아야지. 이런 책임감은 동력이 되기도 한다.

그럼 우리 잘 자고 내일 무사히 일어나서 만나자.

다정으로부터

일 년 만에 다시 찾은 무주는 여전히 초록이었다. 더는 낯설
지 않은 공간에 설렘을 동반한 안심을 느낀다. 작년이 그랬듯
『무주일기』에서 무주를 먼저 접한 친구를 데리고 온 터라 약간
의 긴장이 섞여 있긴 했다. 각자의 무주가 있다는 걸 몸소 깨달
았지만, 우리의 다음은 언제나 오늘로 온다. 자주 반복되는 일
이 아닌 터라 다시 이렇게나 새롭다.

그래도 비교적 가벼운 마음으로 여정을 시작했다. K 또한 어
디로든 떠나고 싶어 따라나선 것이라 대단한 이벤트를 기대하
는 것 같지는 않았다. 오늘은 영화제 4일 차. 각종 프로그램이
이미 많이 진행되었고 다음 날 폐막을 앞두고 있다. 게다가 평
일, 그것도 월요일이라 거리는 작년보다 훨씬 한산했다.

올해는 영화제를 즐긴다기보다 무주의 일상을 느끼는 데 목
적이 있었다. 살방살방 마실을 나서는 기분으로 그냥 무주 말
고, 영화제가 열리는 무주에 오고 싶었다. 그래서 수상작을 제
외하고는 그 어느 것도 예매하지 않았고 동네를 천천히 거닐다
숙소에 들어갈 예정이었다.

우선 점심을 먹기 위해 숙소 근처 가게를 찾았다. 무주 사람

들도 참 한결같다 싶은 게, 이렇게 영화제가 열리면 영업시간을 늘린다든가 휴무일에 문을 열 법도 한데 전혀 개의치 않고 오늘도 문이 닫혀 있었다. 피식 웃음이 났다. 이마저도 좋더라고.

이번에 묵을 숙소는 등나무운동장을 등지고 봤을 때 왼편에 자리 잡고 있다. 늘 오른쪽으로만 움직여서 이 방향의 동네는 처음 만나본다. 이렇게 가까운 곳에 또 다른 느낌을 주는 공간이 있다니 시야가 참 좁았네, 나에게 더 많은 시간이 있었으면 좋겠다, 생각했다. 오랫동안 살던 동네도 늘 가던 길로만 다니다 보니 사이사이 샛길을 낯설게 발견할 때가 있다. 그 길 앞에서 신기하고 미안하고 다행인 감정을 느꼈었다. 가까이가 이렇게 새롭다는 게 놀랍고, 늘 여기 있었는데 이제야 발견해서 미안하고, 그래도 지금이라도 보게 되어 다행인 마음. 무주의 왼편에서 그때 그 기분이 떠올랐다.

그렇게 거리거리를 더 둘러보며 이 보통 같은 무주를 흡수하고 있는데 K가, 조금 지쳤나 보다. 그제야 느껴졌다. 우리는 짐을 들고 있고 햇볕은 맑게도 내리쬔다는 것을. K는 내 체력이

대단하다며 인정했다. 조금 의아했다. 나는 스스로가 안타까울 만큼 저질 체력의 대명사인데 말이다. 그리고 보면 여행지에서는 이 기운 없는 몸뚱이가 제 역할을 해내는 것 같다. 마음을 끄는 무언가가 있고, 내 손에 카메라 들려 있다면 강인한 체력의 소유자보다도 그 시간을 잘 보낼 자신이 있다.

다정함은 체력에서 나온다는 말이 와닿는 요즘이다. 견뎌낼 힘이 없으면 말이 예쁘게 나가기가 어렵다. 그러나 어떤 경우는 다정함이 체력을 만들기도 한다. 나를 견디게 하는 존재 앞에서 나는 힘차게 웃을 수밖에 없다.

친절이 만들어내는 빛

만만한 떡볶이집으로 들어왔다. 식도락 여행을 즐기는 이는 고개를 젓겠지만, 무주에 왔다고 무주 대표 음식을 찾은 적은 없다. 여기서 먹으면 모든 것이 별미다. 보장된 맛을 찾는 것도 가치 있는 일이지. (참으로 거창하군.) 사실 이제 슬슬 관심이 가긴 하지만 지금은 배를 채우는 게 우선이다.

익숙한 프랜차이즈 맛을 즐기고 문을 나서려는데 사장님이 영화제에 왔느냐고 말을 걸었다. 어제까지만 해도 손님이 너무 많아 정신이 없었는데 오늘은 좀 한산해졌다고 내가 없는 무주의 소식까지 알려주셨다. 무뚝뚝한 서로의 얼굴이 어느새 환해지고, 웃으며 한두 마디 더 보태어 이야기를 주고받았다. 사장님은 가게 밖을 나서면서까지 숙소 길을 안내했고 우리는 고마움을 표하며 기분 좋게 걸었다.

"너, 취재하는 줄 알았어."

K가 재미있는 광경을 봤다는 듯 말했다. 이제 떠나온 지도 꽤 지났는데 몸에 배어버렸나. 내심 듣기 좋은 말이어서 웃음

이 새어 나왔다. 툭 던져진 말을 곱씹게 된다. 지난날이 나도 모르게 떠올랐다.

취재라고 하면 기자를 생각하기 쉽겠지만 나는 조금 다른 결의 취재를 했던 방송작가였다. 내 꿈이었고 현실이었던 그 일이 지금은 서랍 속에 담긴 추억거리가 되었지만 아직도 '방송'을 떠올리면 애틋해지는 시간이 짧게라도 찾아온다.

사교적인 성격과는 거리가 있고, 친구와의 전화 통화도 꺼리는 내가 전화기를 붙들고 생판 모르는 사람의 과거와 현재 나아가 미래의 계획까지 캐물어야 하는 일을 했다는 건 정말 기적이고 사랑이었다.

꿈이라고 다 행복한 건 아니다. 기대가 있으면 더 아픈 법이고, 이 이상 아프고 싶지 않아 내려놓게 되는 순간도 찾아온다. 방송작가는 여전히 가장 빛나는 나의 꿈이고, 나는 그 꿈의 빛을 지키고 싶었다. 그게 뭐냐고 이해하지 못하는 사람들도 있었지만 나는 그렇게 방송국을 떠나왔다. 절대적인 시간으로는 그리 길지 않지만 마음의 시간으로 환산하자면 내 삶에서 가장 긴 시간이라고 생각한다.

나를 갉아먹으며 죽상을 하고 방송국을 드나들 때에 내 버팀목은 다름 아닌 전화기 너머 사람들이었다. 그들은 내가 뭐라고 당신이 살아온 길을 펼쳐 보이며 함께 웃고 울어주었는지, 겪으면서도 믿기지 않았고 지금까지도 고마운 일이다.

그 마음이 사라지지 않나 보다. 스칠 수 있는 인연을 찰나라도 잡게 되면 그 시간을 최선으로 보내고 싶다. 다음이 없을 수도 있다는 걸 알게 되면 더 아름답게 쓰고 싶다. 접점 없던 우리가 '무주'라는 매개로 만났다. 우리는 서로에게 친절했다. 얼마나 기쁘고 감사한 일인가.

자연이 될래

숙소로 들어와 짐을 풀고 창문을 열었다. 하늘 아래 집집이 옹기종기 모여있다. 집은 하늘의 자리를 해치지 않는다. 마음이 금방 차올랐다. 진짜 마실 같아. 이거면 충분하다.

여기 구름은 왜 매번 날 반기는지 오늘따라 유독 낮게 피었다. 구름도 산도 부드러운 선을 가졌다. 닮고 싶은 사람 같은 건 없는데, 무언가를 닮아야 한다면 자연이 좋겠다.

주인공이 되(려)면

남의 일기장을 훔쳐볼 일이 생겼다. 넥스트 액터 주인공의 그림일기가 전시장에 걸렸다. 꼬마는 알았을까. 네가 쓴 일기가 훗날 너를 설명하는 데 큰 도움이 될 거라는 것을. 꾹꾹 눌러쓴 연필 자국을 많은 이들이 눈여겨볼 거라는 것을. 역시 기록은 유의미하다. 꼬마야 기다려, 다음은 내 차례야.

증명사진

맺어진 인연과 함께 무주에 온 것만으로 축복인데 무주에 왔더니 나를 반겨주는 사람이 있다. 작년까지 이름 뒤에 님자를 붙여가며 어색한 인사를 나눴던 G는 어느새 다정한 언니가 되어 나에게 눈짓을 보낸다. 무주에 왔더니 만나지는 인연은 무어라 형언하기 어려울 만큼 특별하고 간질거린다. 내가 말하지 않아도 있으니 무게는 덜어지고, 내가 향하지 않으면 떠나가니 애틋함은 더해진다.

그런 G가 나와 K의 사진을 찍어도 괜찮겠느냐고 물어왔다. 사진을 찍어달라는 부탁은 들어봤지만 그 반대의 경우는, 익숙하지 않은 순간이었다. 그래도 좋았다. 사진 덕분에 알게 된 G의 필름에 담긴다는 건 의미 있는 사건이었다. G가 찍은 사진엔 따스함이 묻어있다. 사랑에서 비롯된 빛이 여지없이 드러난다. 피사체를 향한 애정. 나는 그것이 사진의 전부라고 생각한다.

우리는 나란히 서 G를 바라보았다. 반듯한 자세로 한곳을 응시한다. 마치 우리의 인연이 증명된 것 같았다.

이름이 뭐예요?

사인이 증명과 같다던 내가 그사이 조금 유연해졌다. 당장이 좋으면 내일은 깊이 생각하지 말자고, 찰나의 우리라도 꽉 끌어안자고.

영화제에서 사인을 받는 그 몽글한 느낌이 좋다. 안 해도 되는 일을 했을 때, 내가 한발 다가갔을 때 확 피어나는 감정이 좋다. 나는 이제 나의 증명이 아닌 당신의 증명을 새긴다. 그게 곧 나를 위함이기도 하다.

환영하고 싶다는 건

 오랜만에 만난 지인과 인사를 나눌 때에도 차분하고 건조한 편이라 미안한 마음이 드는 순간이 종종 있다. 충분히 반갑지만 그에 상응하는 몸짓과 표정은 좀처럼 나오지 않는다. 그걸 의식해 과하게 반응해 본 적도 있으나 괜히 공기마저 어색해짐을 느껴 이러기도 저러기도 난감하기만 하다. 그런데 이렇게 먼 타지에서 약속 없이 아는 이를 마주하게 되면 구태여 노력하지 않아도 한층 밝아진다. 그들은 어떤 걸음으로 여기 왔을까. 무얼 끌어안고 일상으로 돌아갈까. 여행의 마음으로 타지에 머무르게 되면 조금 더 열린 얼굴로 상대를 대할 수 있다. 그러니까 당신도 이곳에 왔으면 좋겠다. 나의 환영이 말간 마음 그대로 닿을 수 있는 무주로.

다시, 등나무운동장

계획대로라면 오늘 등나무운동장에 갈 일은 없었다. 복작복작한 운동장에서 혼자 고요하고 싶지 않았고, 무료입장이 가능한 폐막날 자유롭게 들락일 생각이었다. 하지만 내 옆엔 K가있다. K는 고민 끝에 너른 운동장에서 공연을 보면 좋을 것 같다는 의견을 전했다. 나는 뭐든 상관없었고 언니가 좋은 걸 하는 게 좋았으니 그러자고 했다. 이렇게 또 축제의 향연 속으로 들어가게 되는구나.

오늘 무대에서 낭만을 선사할 가수는 K와 비대면 영화제를 본 그해 무대에 올랐던 인물이다. 그도 나도 신기했다. 통제할 수 없는 바이러스에 관객 없는 무대에 올랐던 그는 자신을 바라보는 수많은 관객 앞에 다시 섰고, 어쩌면 그 바이러스 덕분에 함께 영화제를 나눌 수 있었던 나와 K는 이렇게 무주에 직접 와 그를 마주하고 있으니. 칭찬해 주고 싶은 순간이다. 다들 잘 살아왔구나.

이 벅찬 공간에서 의자에 가만 앉아 있을 수가 없다. 곳곳의 기운을 좀 더 가까이서 느끼고 싶었다. K도 데려 나오고 싶었지만 충분히 괜찮다기에, 괜한 변수를 주고 싶진 않아 혼자 일어나 운동장을 돌아보기 시작했다.

산에 오르지 않아도 녹음이 나를 감싸는 이곳은 가히 벅차다. 잔잔한 선율과 음색까지 더해지니 진짜 낭만이구나. 어느덧 하늘도 물들었다. 한 곡이 끝나면 이 풍경이 아닐 테니 사진에 담으면서 즐기라며, 무대 위 그가 말했다. 자신도 찍고 싶다는 마음도 덧붙이며. 그렇다. 이 무렵의 하늘은 눈만 깜빡여도 쉽게 바뀌고 나는 시간의 흐름을 눈으로 볼 수 있는 사람이 된다. 꼭꼭 담아야겠다. 다시 오지 않을 찰나를 우리에게 맡긴 채 무대를 채우는 당신들의 몫까지.

등나무운동장이라는 문을 통과하면 마음의 형태가 바뀌는 것 같다. 남대천교 건너 읍내 풍경도 좋지만 역시 이곳을 빼놓고 무주를 말할 수는 없구나. 오늘은 덕유산을 가지 않았지만 그 못지않은 별을 만났다. 아주 오래 반짝일 것이다.

* 건축가 정기용 선생님께 깊은 감사를 표합니다.

우연을 믿어요

마침 그렇게 되는 일을 자주 마주하는 편이다. 그런 걸 보통 우연이라고 부르지만, 단지 우연으로만 흘려보내지는 않으려고 한다. 우연일지라도 닿을 수 있는 정도의 가까움이라면 지나치고 싶지 않다. 그렇게 자꾸자꾸 매만지다 보면 어느새 인연이라는 자리가 드러난다.

존재를 어떻게 여기는지에 따라 여전히 우연으로 치부하기도 인연으로 인정받기도 하는데 나는 그 두 이름이 얼마나 어떻게 다른지 잘 모르겠다. 다른 건 서로의 마음이 아닐까. 나의 우연은 이런데, 당신은 어떨까.

다른 마음

어둠을 지나 다시 숙소로 돌아왔다. 애써 눌러둔 마음들이 부풀다 못해 터져 나오는 밤이자 방이었다. 연인과 이별을 겪은 지 얼마 되지 않은 K와의 대화거리는 뻔했다. 우리는 서로의 마음을 낱낱이 설명하기를 좋아했고 가끔은 그 번잡스러움을 즐기는 것도 같았으니 오늘도 발표와 토론을 거쳐 개운함을 느끼면 되는 일이었다.

K를 무주로 안내했을 때부터 나는 다짐했다. 무주에서 무얼 해야겠다는 욕심이 없으니 우리 일상에서 만나는 것처럼 대화에 충실해야겠다고. K의 번뇌를 무주의 도움을 받아 덜어주어야겠다고.

그런데 그게 맘처럼 잘 되지 않았다. 무주는 이렇게 다정하기만 한데 우리는 여기서 우리 힘으로 해결할 수 없는 일들을 움켜쥐고 고뇌한다는 게 아깝다는 생각이 들었다. 흘러가는 시간도 아깝고, 우리의 마음도 아까웠다. 유한한 마음을 더 밝은 방향으로 쓰는 게 좋지 않을까. 내 안의 어둠이 느껴지지만 모른 척하고 싶었다. 나는 밝고 맑고만 싶어.

K는 이별과 사람, 노여움과 슬픔을 이야기했고 나는 여과되

지 않은 말로 틈틈이 타박했다. 떠나기 전의 다짐을 흩날린 채로 최선을 다해 혼냈다. 어쩌면 나를 혼낸 걸지도 모르겠다.

마음을 쏟아낸 K는 잠에 들었고 나는 덩그러니 생각에 잠겼다. 무거운 공기가 답답해 조심스레 창문을 열었다. K가 벌레를 걱정했지만 내겐 벌레도 곤충이었다.

솔직한 일기

밝은 하늘에 봤던 집집이 가로등 아래에 고요히 누워 있다. 무주의 밤은 늘 빨리 찾아온다. 온다기보다 여기 가만있던 게 드러나는 기분이기도 하다. 내 기저에 깔린 마음도 스르르 올라왔다.

일기를 썼다. 여행을 갈 때에도 일기장을 챙기는 편이지만 이번엔 최대한 가볍게 오고 싶어 '쓰는 마음'만 데려왔다. 메모장을 켜 뒤엉킨 감정을 풀어 적었다. 나만 보는 일기 앞에서도 솔직하지 못할 때가 많지만 지금 마음만은 온전하게 기록하려고 했다. 최대한 그대로 적어 두고 싶었다. 매해 조금씩 달라지는 나의 무주를 고스란히 간직하고 싶었으니까.

마침표라 생각했던 '무주일기'가 자꾸자꾸 써지는 걸 보니 무섭기도, 어렵기도 하다. 그래도 어찌할 도리 없이 계속 계속 써야지. 나는 여전히, 사랑하면 쓰고 싶어진다.

달이 차고

무주산골영화제의 밤하늘은 늘 손톱달이었는데 올해는 이미 차 있는 달이 떠올랐다. 무주랑 아무런 연관도 없는 당신이 떠오른다. 우리가 함께 본 달이 보름달인 줄 알았는데 알고 보니 초승달이었더라. 그럼 무엇이 그리도 잔뜩 차올랐던 걸까.

너를 알게 된 그때, 그 방을 감싸던 그 향을 데리고 온 게 우연은 아닌 것 같아. 너무 좋으면 왈칵 눈물이 날 수도 있다는 걸 깨달은 그날의 밤을 나는 이렇게 생각하게 된다. 너를 떠올림은 이 향기 때문이라고, 자연스러운 흐름이라고 눈 감고 끄덕여 본다. 너는 아침을 기대하게 했던 해였고, 찾아 헤매고 싶은 별이었고 매일 같이 떠 있는 달이었다.

함께

눈이 부시다. 평소라면 체크아웃 시간을 꽉꽉 채워 숙소를 나설 테지만 여긴 무주잖아. 무주의 아침은 반갑고 그러니 당장 뛰쳐나가야 한다. 아침을 맞아 다시 산뜻해진 우리는 가벼운 발걸음으로, 학교로 향했다.

그토록 가고 싶었던 초등학교를 둘이 함께 간다. 좋구나. 학교 가는 길은 조금 달라져 있었다. 학교 또한 깔끔하게 새 옷을 입은 모습이다. 첫 무주가 워낙 애틋하다 보니 이러면 또 그때가 아니라는 생각에 아쉬워지지만 지금이 그때가 아닌 건 사실이니까. 오늘을 오늘로 맞이해 반갑게 인사하련다.

운동장 근처에만 머물러봤지, 학교를 빙 둘러보는 건 처음이다. 나무 계단을 올랐더니 야트막한 숲길이 나왔다.

동산 위에 올라서서~

중간중간 운동기구가 있는 걸 보아하니 주민을 위한 시설인 듯했지만 삐거덕거리는 걸로 봐서는 발길이 잦은 곳은 아닌 것 같았다. 새들의 쉼터가 아닐까. 집터일지도 모르겠고. 이름 모를 새들이 한참을 지저귀었다. 그 순간 K는 어제 들른 '최북 미술관'에서 본 메추리를 떠올렸다. 영화제 전시만 보고 지나친 곳이라 살피고 싶은 마음에 잠깐 둘러본 건데, 이렇게 세심하게 담았을 줄은 몰랐다. 오히려 난 잊고 있었는데 말이다. 어제와 오늘이 이어지고 있다는 느낌에 내심으로 고마워졌다. 나랑은 다른 시선으로 사소한 것들을 잘 기억하는 사람이다.

혼자였다면 무서워서 올라올 생각도 못 했을 공간에 어제와 오늘의 무주를 즉각 나눌 수 있는 이가 함께한다. 내가 좋아한다는 이유로 곁에서 이 길을 걸어주는 K가 무척이나 고마웠다. (물론 무주는 그럴 만한 충분한 가치가 있지만, 그 가치를 알아주는 사람이라면 더 고마운 일이다.)

무주 어린이

종소리가 울린다. 학생이었던 어린 시절을 떠올리고, 지금 내 곁의 아이들을 떠올리니 학생과 선생님 그 사이에서 저울 바늘이 어려워진다. (현재 내 일터는 독서 학원으로 아이들은 학원 어린이들을 말한다.) 흘러와버렸지만 달라지지 않은 마음과 흐른 만큼 달라진 마음을 모두 느낄 수 있다.

무주 학교 아이들은 어떨까. 자연 속의 학교를 사랑할까. 가끔은 높은 건물이 즐비한 도시를 꿈꾸기도 할까. 이곳에 내 교실을 만들면 어떨까 잠시 상상해 본다. 삶이 되는 건 조금 다른 문제겠지. 잠깐 부푼 마음을 깊숙이 밀어 넣었다.

유효기간

지난해 함께 왔던 친구가 생각난다. 감수성이 예민하고 생각이 많은 J와 나는 나눌 수 있는 이야기가 끊이지 않았다. 관계의 시간을 쌓을 수 있다면 이미 아주 높은 탑이 되어 더할 것도 덜어낼 것도 없는 견고한 모습이 아니었을까. 우리의 이야기는 소진되지 않을 거라고 자부했다.

하지만 주고받은 마음들이 무색하게 더는 서로를 우리라는 이름으로 묶을 수 없게 되었다. 그건 너무 이상한 일이었고, 뜨겁거나 차갑게 나를 적셨지만 뻔한 말로 이 현상을 받아들이기로 했다. 인연에도 유효기간이 있고 우리는 이제 지나버린 거라고. 마음 하나로만 설명할 수는 없는 일이라는 사실은 나를 차분하게 만들었다. 우리 몫이 아니라면 다행이겠다.

그렇담 그 값은 누가 정하는 걸까. 캔을 따버리면 탄산은 이내 빠져나간다. 충분한 유효기간도 무색해지는 것이다. 우리가 따버린 캔일 수도 있을까.

마침내 폐막

앞서 이야기했듯 오늘은 폐막일이다. 첫 무주에 남겨두고 온 폐막식을 4년이 지나고야 찾게 되었다. 이제는 만나도 괜찮은 영화제의 마지막. 여기가 끝이 아님을 알기 때문이다.

다채로운 다섯 날을 선보인 무주산골영화제는 수상작을 재상영하며 마무리된다. 어떤 영화를 보게 될지 모르는 채로 예매를 했고 조금 전 나의 영화가 정해졌다는 소식이다. 이런. 지금 마음으로 보기는 조금 불편한 다큐멘터리를 만나게 되었다. 그래도 봐야지 뭐. 나에게 온 영화를 두고 갈 순 없었다. 일상에서 영화에 투자하는 시간은 현저히 줄었지만, 영화제에 와 놓고 영화 한 편 안 보는 관객이 되고 싶진 않았다.

무주의 작은 영화관, 오랜만에 만난 '산골영화관'에 기분 좋게 입성했다. 2019년 오늘 이곳에서 사랑을 마주했었다. 그땐 선착순 입장이어서 어디가 좋을까 머뭇거리다 엉뚱한 자리에 덜렁 앉아버렸는데, 이젠 미리 고민해서 잡은 내 자리가 안전하게 날 기다리고 있다. 과거와 현재를 오가는 이 놀이는 언제 끝이 날까. 참으로 꾸준하게 처음이 떠오른다.

영화관의 불이 꺼지고 스크린에 비치는 풍경에 놀라움을 감출 수 없었다. 이 영화 안 봤으면 어쩔 뻔했지. 무주에서 지내는 모녀의 이야기가 담긴 영화였다. 두 사람의 관계와 사연에 초점을 맞춘 작품이라 아마 그들이 다른 지역에 살았더라도 (감독과 연만 닿는다면) 영화는 탄생했을 것이다. 장소의 역할이 분명 있지만 무주를 지워도 가치 있는 영화라는 의미다.

　하지만 무주에서 만난 무주는 적어도 나에겐 엄청난 의미가 된다. 무수한 영화 중 단 한 편의 영화를 만났고 여기 무주가 있다. 이럴 수도 있구나. 이 흐름이 좋았다. 붙이고 싶지 않던 파편의 무주가, 어느새 이어지고 있었다.

감출 수 없는 욕심

영화가 끝나고 집으로 돌아가기 전까지 두 시간 남짓의 시간이 남았다. 이대로 무주를 떠나면 나 조금 아쉬울 것 같아.

마음은 급해졌고 고민할 시간은 없다. K에게 양해를 구하고 우리는 잠시 헤어지기로 했다. 혼자 무주를 느낄 테니, 언니도 무주를 만나보라 말했다. 나를 따라나선 K를 이끌어주겠다고 다짐한 게 불과 하루 전의 일이었다. 순간 내가 조금 미워졌다. 하지만 포기는 안 됐다.

등나무 아래 의자에 앉아 자연의 색을 보았다. 역시 가장 많은 자리를 차지하는 건 초록이었다. 다 다른 초록이야. 들여다보지 않으면 스치고 마는 이야기들이 많다. 외롭고 싱그러운 무주의 초록빛이 좋았다.

자연의 소리를 담은 후 어제의 기억을 탄탄히 하기 위해 이어폰을 꺼냈다. 저 멀리 혼자 운동장을 거니는 K가 보인다. 힐끗힐끗 눈길이 향했다. 서서히 거리가 좁혀지자 이어폰을 빼고서 K를 바라보았다. K는 오히려 내 쪽을 보지 않고 문밖으로 유유히 빠져나갔다. 나를 내버려두는 사람. 혹여나 공허하진 않을지, 나름의 무주를 느끼고 있을지 궁금했지만 따라나서진

않았다. 부정할 수 없이 느껴버렸다. 나는 무주에 욕심이 많은
사람이다.

무주인

이제는 무주 사람들이 궁금하다. 낮은 지붕을 내려다보고, 동네 주민들을 스치면서 저 깊숙한 세상은 어떤 모양인지 알고 싶어졌다. 집집의 일상이, 거리 사람들의 이야기가 궁금했다. 타지 사람이 떠나면 남겨질, 남겨진 게 아니라 원래 있던 사람들. 그들과 말하고 싶다. 다만 우리 서로를 특별해하지 않으면서.

2019년 처음 만난 무주가 어느덧 내가 좋아하는 다섯을 껴안았다. 그러나 나의 무주는 여전히 찰나에 가깝다. 장소도 계절도 모두 한철이었으니까. 어쩌면 그래서 더 애틋하게 사랑할 수 있는지도 모르겠다. 언젠가 사계절을 다 보내는 날이 오면, 그땐 외지인의 시선에서 벗어날 수 있을까. 그럼 나도 작은 무주인이 될 수 있을까.

이제 무주를 사랑하지 않는 법은 모르겠다고 끄덕이며 돌아간다. 나의 길잡이 산골영화제에게도 고마움을 표한다. 우리 오래 보자, 안녕!

당신의 이야기가 궁금합니다.

20____

달리 말할 수 없이 '   '

그리고

엔딩 크레딧

책을 펴내기 전 무주에 들렀다. 영화로 만난 무주를 영화로 담고 싶은 욕심이 어느 한편 자리 잡고 있었기에, 이참에 맛보기 정도의 예고편을 엮어볼 생각이었다. 사명감을 갖기엔 준비되지 않은 상태였으므로 흐르는 대로 흘러볼 작정이었다. 결이 맞는 동친(동네 친구)과 카메라 하나 들고, 하늘 보며 풀 보며 놀다 올 생각이었다.

지난 시간을 돌아보면 내가 무주에 기대가 많은 사람이라는 걸 어렵지 않게 알아차릴 수 있다. 무주가 나에게 말을 걸었다 했지만 반대로 말하면 언제든 대화할 준비가 되어 있다는 뜻이기도 했다. 하지만 이번엔 조금 달랐다. 무언가를 받아들일 여유가 없었기에 그저 만나고만 싶었다. 조용히 안부나 묻고 싶은, 인사의 마음이었다.

못 온 사이 남대천교 근처에 별빛다리가 개통되었다. '빛을 품은 무주'라는 글씨가 밤을 수놓는 장면을 마주했다. 그렇게 잔잔한 하루를 보내고 숙소에 들어갈 때까지만 해도 올해의 무주가 깊은 밤 본격적으로 시작될 줄은 몰랐다.

내 무주의 전부를 지켜본 카메라를 잃어버렸다. 밤 산책을

할 때엔 이미 빈손, 그전에 우리가 머문 곳은 등나무운동장뿐이었기에 칠흑 속으로 들어가 보는 수밖엔 없었다. 그러나 용기만으로 찾아지진 않았다. 대체 어디에 있는 걸까. 불을 밝히고 선 근처 편의점에 가 보기로 했다. 조금 전 대화를 주고받아 안면이 있었기에 지푸라기라도 잡고 싶은 심정이었다.

쏟아지는 별, 풀숲의 반딧불이, 찬란한 낙화놀이는 무주에 오는 누구나 어렵지 않게 만날 수 있는 빛이다. 타이밍만 맞다면 드러나 있는 공평한 빛. 이날 나는 숨겨진 빛을 만났다. 그리고 무주의 많고 많은 빛 중 가장 빛나는 빛이 바로 그들이라는 것을 몸소 느끼고 말았다. 사람들.

무주 사람들이 궁금한 채로 작년 이곳을 떠났다. 그리고 올해, 가장 낮은 욕심으로 찾은 무주에서 말도 안 되게 여러 무주인과 이야기를 나누게 되었다. 나눈 건 이야기뿐만이 아니었다. 고맙게도 카메라는 내 품으로 왔고, 카메라가 돌지 않는 틈에도 영화는 재생되고 있었다. 정말 영화를 찍고 왔다. 다시 재연할 수 없는, 연극 같은 영화 한 편. 이 경험을 어떻게든 글로 녹여보고 싶었으나 아직 그런 재주는 내게 없나 보다.

환상 같은 그 일은 분명한 현실이었고, 나는 이런 흐름이 믿기지 않아 속수무책으로 울었다. 옆에서 지켜본 동친이 있었으니 정말 외롭지 않은 꿈길이었다. 이건 자칫 위험한 일인지도 모른다. 이렇게 매번 좋은 건 아무래도 어렵다. 그러나 외면하기엔 모두 내가 겪은 일이었다.

이게 나의 무주라면 기꺼이, 감사하게.

무주의 향토 음식 어죽을 드디어 먹었다. 그리고 무주인의 추천으로 시내버스를 타고 영동을 거쳐 집으로 돌아왔다. 이번엔 어쩐지 떠나온 기분이 아니다. 멀지 않은 곳에 무주가 있다. 무주는 이제 나의 삶이고 더는 바랄 게 없다. 그저 무주로 존재하면 되지 않을까?

사랑을 선언하기까지 오랜 시간이 걸리는 편이다. 그러나 그 사랑을 유지하는 일은 그리 어렵지 않다. 내 사랑은 소진되지 않는다. 그런 내가 무주를 사랑한다.

2024, 여전히 무주

달리 말할 수 없이
무주

펴 낸 날 2024년 6월 1일

글 쓴 이 느린테
그 린 이 김지연
펴 낸 곳 느린 테트리스
등 록 일 2024년 5월 14일 제2024-000003호
연 락 망 tetrisjyj@naver.com

느린 테트리스는 저마다의 속도를 존중합니다.
이 책을 품에 안은 당신께 고마움을 전합니다.